巴金研究会

祝勇工作室

策　划

巴金经典作品系列

生之忏悔

百花洲文艺出版社

巴金先生，摄于二十世纪八十年代后期。

→巴金一九三三年冬摄于圆明园旧址。

→巴金（左一）与沈从文（左三）
一九三四年摄于北京沈寓。

→《生之忏悔》商务版初版书影。

生之懺悔
巴金作

→巴金赠给丰子恺的《我的自传》一九三〇年版书影,该书书名为丰先生所题写。

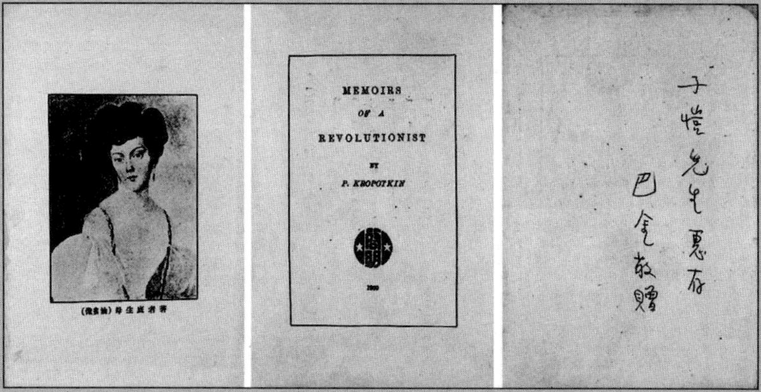
著者底生母(油畫像)
MEMOIRS
OF A
REVOLUTIONIST
BY
P. KROPOTKIN
子愷先生惠存
巴金敬贈

→《生之忏悔》题记在《水星》上初刊书影。

「生之懺悔」題記

巴金

這本小册子可算是我的懺悔錄的一部分罷，正如這題名所表示的。

我常常想，我第一次拿起筆寫文章，那就是我的不幸的開端，從那時起我開始走入迷途了。以後一誤再誤，愈陷愈深，終至於不可收拾。於是呻吟，呼號，自白，自剖都由我的筆端洩了出來。發洩以後便繼之以沈默，這其間我很想把以前錯誤挽回過來。

這幾年來除了小說外我所寫的雜文原不祇此。但有許多我自己也已經無法見到了，即使見到如今也未必就完全同意當時的論調，所以只將這里的一部集起付印。也沒有別的用意，無非希望一些厚愛我的讀者由這個更了解我一點。

我所敬愛的一位科學家說過：『書本是不能够製造智的潮流，相反的，智的潮流可以製造出書本來』。我很相信這句話。

這一本小小的書雖出於一個無學者的手筆，但決不是我一人「閉門造車」的結果，牠也可以代表一部分青年人的思想，我和他們在一起生活過，而且至今還沒有脫離他們的圈子。讓他們來判斷我和我的書罷，我誠懇地把牠獻給他們。

→《呓语》一文在《水星》上初刊书影。

囈語

巴金

我究竟在什麽地方？……

在一篇短文的開始我寫過了這樣的一句話：

『沉默，這半年來的沉默差不多悶得我要死了。』

這並不是假話，裏面不含有一點誇張。短短的二十個字也是由痛苦的經驗堆積起來的。說痛苦，大概誰也不肯相信，在這國度就充滿着把幻想當作現實而靠着這幻想生活的生物。對於他們這世界上就只有光，只有花，只有愛。

然而我的眼睛却看出異樣的景象了，我的耳朵也聽見了異樣的聲音。甚至在黑夜裏那眼睛也是睜開的，同時還有各種聲音暗暗送進耳裏來。光麽？周圍是黑漆的一片；花麽？我聞不着一點兒香氣，愛麽？這里是如此地寒冷。

我究竟在什麽地方？墳墓裏罷，死床上罷，瘋狗籠內罷。我怎能够知道！也沒有人來告訴我。好寂寞呀！我竟看不見一個人。爲什麽呢？我眞的死了嗎？可是我明明還有一口氣！

好悶呀！我簡直透不過氣來。什麽東西壓在我的胸膛上。是這樣地重！我想動，但是我的手足都似乎變硬了，不，是誰把牠們給綁住了。我竟是這麽糊塗！那是什麽時候的事情，我全然不知道

出版说明

本书一九三六年三月由商务印书馆初版，系文学研究会创作丛书之一种，收入作者一九二九年至一九三四年所作散文、书评、序跋等，作者后来对这种“大杂烩”的编法不甚满意（见本书附录：《〈巴金全集〉第十二卷代跋》）。原书目录上共分“第一部”至“第五部”五部分。其中《前夜》译本序后附有《廖·抗夫略传》，此篇后未收入《巴金全集》第十二卷。

本书一九九三年曾作为中国现代文学史参考资料由上海书店据初版影印出版。

本书部分文章曾收入人民文学出版社一九六一年十月出版的《巴金文集》第十卷，其中《双十节在上海》一篇改题为《一九三四年十月十日在上海》。本书后收入一九八九年人民文学出版社出版的《巴金全集》第十二卷。本次重印，为了使读者了解本书的出版情况，编者将《〈巴金全集〉第十二卷代跋（节选）》作为附录附后。

编　者

目录

前　记[1]

这本小册子[2]应当是我的忏悔录的一部分罢。

我常常想，我第一次拿起笔写文章，那就是我的不幸的开端，从那时起我开始走入迷途了。以后一误再误，愈陷愈深，终至于不可收拾。于是呻吟、呼号、自白、自剖都由我的笔端泄了出来。发泄以后便继之以沉默，这其间我很想挽回以前的错误。

几年来我编印了好几本小说和随笔。但拿杂文来说，这却是

① 本篇最初发表于一九三四年十月十日《水星》第一卷第一期，发表时题为《生之忏悔·题记》。

② 这本小书在上海商务印书馆搁了一年半，才印出来。全书分五部，共收散文、评论、序跋等二十六篇，其中有两篇已经作为序文印在小说集里面了。现在编印《文集》，我又删去评论、序跋等十二篇，只保留了十二篇散文、序文和类似小说的东西。（一九六一年巴金注）

第一部。其实我所写的杂文原不只此，但是有一些我自己也已无法见到了，即使见到我也未必完全同意当时的论调。现在将这里的一部分杂文集起来付印，也无非希望一些厚爱我的读者由这小书多了解我一点。

这本小书虽然出于一个无学者的手笔，但决非我一个人“闭门造车”的结果。它也可以代表一部分年轻人的思想，我和他们在一起生活过，而且至今还没有脱离他们的圈子。让他们来判断我和我的书罢，我诚恳地把它献给他们。

一九三四年十一月在上海

我 的 心[①]

近来不知道什么缘故这颗心痛得更厉害了。

我要向我的母亲说："妈妈，请你把我这颗心收回去罢，我不要它了。记得你当初把这颗心交给我的时候，你对我说过：'你的爸爸一辈子拿了它待人，爱人，他和平安宁地过了一生。他临死把这颗心交给我，要我将来在你长成的时候交给你，他说："承受这颗心的人将永远正直，幸福，而且和平安宁地度过他的一生。"现在你长成了，那么你就承受了这颗心，带着我的祝福。到广大的世界中去罢。'这几年来我怀着这颗心走遍了世

① 本篇最初发表于一九二九年三月二十五日《平等月刊》第二卷第三期，署名PK。

界，走遍了人心的沙漠，所得到的只是痛苦，痛苦的创痕。正直在哪里？幸福在哪里？和平在哪里？这一切可怕的景象，哪一天才会看不见？这一切可怕的声音，哪一天才会听不到？这样的悲剧，哪一天才不会再演？一切都像箭一般地射到我的心上。我的心上已经布满了痛苦的创痕。因此我的心痛得更厉害了。

“我不要这颗心了。有了它，我不能够闭目为盲；有了它，我不能够塞耳为聋；有了它，我不能吞炭为哑；有了它，我不能够在人群的痛苦中找寻我的幸福；有了它，我不能够和平地生活在这个世界；有了它，我再也不能够生活下去了。妈妈，请你饶了我罢，这颗心我实在不要，不能够要了。

“我夜夜在哭，因为我的心实在痛得忍受不住了。它看不得人间的惨剧，听不得人间的哀号，受不得人间的凌辱。它每一次跟着我游历了人心的沙漠，带了遍体的伤痕归来，我就用我的眼泪洗净了它的血迹。然而它的伤痕刚刚好一点，新的创痕又来了。有一次似乎它也向我要求了：‘你放我走罢，我实在不愿意活了。请你放了我，让我把自己炸毁，世间再没有比看见别人的痛苦而不能帮助的事更痛苦的了。你既然爱我，为何又要苦苦地留着我？留着我来受这种刺心刻骨的痛苦？’我要放走它，我决心让它走。然而它却被你的祝福拴在我的胸膛内了。

“我多时以来就下决心放弃一切。让人们去竞争、去残杀；让人们来虐待我、凌辱我。我只愿有一时的安息。可是我的心不肯这样，它要使我看、听、说：看我所怕看的，听我所怕听的，说人所不愿听的。于是我又向它要求道：‘心啊，你去罢，不要苦苦地恋着我了。有了你，无论如何我不能够活在这样的世界上了。请你为了我的幸福的缘故，撇开我罢。’它没有回答。因为它如今知道，既然它已被你的祝福系在我的胸膛上，那么也只能由你的诅咒而分开。妈妈，请你诅咒我罢，请你允许我放走这颗心去罢，让它去毁灭罢，因为它不能活在这样的世界上，而有了它，我也不能够活在这个世界上了。

“我有了这颗心以来，我追求光明，追求人间的爱，追求我理想中的英雄。到而今我的爱被人出卖，我的幻想完全破灭，剩下来的依然是黑暗和孤独。受惯了人们的凌辱，看惯了人间的惨剧。现在，一切都受够了。可是这一切总不能毁坏我的心，弄掉我的心，因为没有得到母亲的诅咒，这颗心是不会离开我的。所以为了你的孩子的幸福的缘故，请你诅咒我罢，请你收回这颗心罢。

“在这样大的血泪的海中，一个人一颗心算得什么？能做什么？妈妈，请你诅咒我罢，请你收回这颗心罢。我不要它了。”

可是我的母亲已经死了多年了。

一九二九年春在上海

《灭亡》作者底自白[①]

一　我底思想与杜大心

谭正璧君在他底《中国文学进化史》里说我是新写实主义一派，另外一位先生在《新文艺月刊》上却说："巴金思想的立场是安那其主义的。"而《现代小说》的刚果伦君又说："这是虚无主义的个人主义者的创作。"毛一波君在《真美善》上则说杜大心"似乎是克鲁泡特金的安那其主义，托尔斯泰的人道主

① 本篇最初发表于一九三〇年六月《开明》月刊第二十二期。

义，和阿志跋绥夫的虚无主义的人格化”。从这些批评家的文章看来，我连自己底思想究竟是什么似乎也不能确定了。其实问题很简单。这部创作里面的主人公并不是上述的几种主义中某一种主义之人格化。这是很显然的：杜大心底思想近于安那其，但严格说来他不是安那其主义者；他底思想近于虚无主义，但他不是个虚无主义者，因为他不是唯物论者，不是实在论者；他底思想近于个人主义，但他不是个人主义者。杜大心底思想里面含得有不少的矛盾，而且这个矛盾一直存在下去，崔皎君说得好：“等到这矛盾止了的时候便是杜大心毁灭的时候。”我承认，我底过去某一个时期的思想确实是那样，而且也矛盾得很厉害。但是现在我底主张就和杜大心底主张不同了。我写杜大心底思想时完全采取客观的态度，我并不曾把我自己底思想完全放进去。我虽然并不是杜大心底信徒，但是我爱他。我自信我对他的态度是公平的，我写出他底好处，同时我也写出他底弱点。不过像刚果伦君底批评却有点不公道。他说杜大心“参加革命的动机是不正确的，他是以工作抑止自已的苦闷，以革命发挥个人的理想”。我承认杜大心“是一个罗曼谛克的革命家”，而且他还是一个病态的革命家。但要说他参加革命的动机不正确，就未免太冤枉他了。他之所以为罗曼谛克的革命家，他之所以憎恶人类，一是由于他底环境，二是因为他底肺病。最重要的就是他那不停地在发展的肺病。他参加革命是一件事，他以工作抑制自已底苦闷又是一件事。他并不是为了抑制自己的苦闷才来参加革命的。人是一个复杂的、有机的东西，而有肺病的人更是多感的。杜大心参加革命之后，他不能就变成一部机器。他底环境依然使他苦闷，但是他并不幻灭，并不放弃一切，当然只有拿工作来抑制自己的苦闷了。我当时也曾得到一个国内朋友底信，他说他很痛苦，日来“以忙为醉”。这不也是和杜大心一样吗？至于杜大心底死亡，我以为这是必然的，刚果伦君说：“仅止因着一个朋友的被杀去牺牲自己的生命，去报仇，……不是革命党人应有的态度。”这是不错的。不过他如果再深思一下，他一定会明白杜大心底面前只有死这一条路。一个憎恶人类、憎恶自己的人，结果不是杀人被杀，就是自杀，并没第三条路可走。何况杜大心又有肺病呢？复仇还是小事，最重要的是他底第二期的肺病使“他开始觉得这长久不息的苦斗应该停止了。他想休息，他想永久地休息”。而事实上在他，也只有“死才能够使他享着安静的幸福”。俄国政治家拉吉穴夫在青年时期中有一个同学得了不治之症，那个人叫拉吉穴夫拿毒药把他毒死，拉吉穴夫不答应，却在自己底日记上写道：“不能忍受的生活应该用暴力毁掉。”他自己后来也自杀了。杜大心“知道他自己在向着死之路上走去，而且分明感到死是一天一天地逼近”，当然会采取用暴力毁掉生命的这一条路。我自己是反对他采取这条路的，但我无法阻止他，我只有为他底死而哭。

二　第二十一章以后

《中学生》底读者黄叶君“有个朋友看完《灭亡》后，说‘第二十一章以后就不好了’”。事实上第二十二章在本书内是非常重要的。我把我自己底希望寄托在这一章上面。在前面的二十一章里，我根据自己底一些痛苦经验抹杀了群众底力量（这个弱点连刚果伦君也未指出）。固然看杀头叫好（这与迷信有关）的事实，我没法否认，然而我自己依然觉得中国民众是可爱的、有望的，他们底无知，不能说是他们底错，而且这也是可以补救的。所以为了对于中国民众保持公平的态度起见，我在第二十二章里留下了希望，说到四年后的胜利，同时给我的三部曲中的《新生》和《黎明》开了端。（《新生》是李冷底日记，《黎明》是李静淑底历史。）

三　总而言之

总而言之，我活了二十几年。我生活过，奋斗过，挣扎过，哭过，笑过。我在生活里面得到了一点东西，我便把它写下来。

我并不是事先打定主意要写一种什么主义的作品。我要怎样写就怎样写。而且在我是非怎样写不可的。我写的时候，自己和书中人物一同生活，他哭我也哭，他笑我也笑。我不是因为想做文人而写小说。我是为了自己（正如我在“序言”中所说是写给我底哥哥读的），为了倾诉自己底悲哀而写小说。所以读者底赞许与责骂，我并不在乎。不过我希望批评家多少了解我一点。

一九二九年在上海

我的自剖[①]

——给《现代》编者的信

你批评《复仇》集的文章我读了两遍。我佩服你的批评的态度，但是我觉得你并不了解我。有些地方你的确说出了我的弱点，譬如你说我避难就易地在手法上取巧，常用第一身讲述故事的形式，这是我没法否认的。我的确"取了巧"，但这并不是故意的。我写文章，尤其是写短篇小说的时候，我只感到一种热情要发泄出来，一种悲哀要倾吐出来。我没有时间想到我应该采用什么样的形式。我是为了申诉，为了纪念才拿笔写小说的。《复仇》集中的

① 本篇最初发表于一九三二年十月一日《现代》第一卷第六期，发表时题为《作者的自剖》。

十五篇小说里，差不多每篇都有一个我的朋友，都保留着我过去生活里的一个纪念。今天我翻读这本书，还会产生一种温情、一种激动或者一种忘我的境界。这样我就决不能够承认你所说的“中国作家写外国题材……只能说是因袭”和“凭书本，凭想象，凭皮毛的见闻”的话了。

我觉得当你说“《复仇》里所表现的‘人类共有的悲哀’……却偏偏是中国人所万万不会有的悲哀”时，你并不了解我在《复仇》集自序中写的那段话的意义。我明白地说过，人类所追求的都是同样的东西——青春、生命、活动、爱情，不仅为他们自己，而且也为别的人。……失去了这一切以后所产生的悲哀，乃是人类共有的悲哀。这对于中国人无论如何决不会是例外的。而且现在的中国人与欧美人比起来，他们失掉青春、生命、活动、爱情的机会只有更多。就譬如你以为“坡格隆”[①] 和“亡命”很难为中国人所理解。而实际上我的许多朋友却正被那样的悲哀所苦恼着。并且你如果离开编辑室到租界上去走走，或者最好能到这里[②] 的租界上来看看，你就会明白在今天的中国，的确有不少人感到坡格隆时代犹太人所感到过的悲哀了。他们感到了悲哀，或者盼望着有一天日子会变过来，但是他们的思想阴暗，找

① 坡格隆：对犹太人的有组织的屠杀。
② 这里：指天津。

不到出路。我得承认，我的小说也没有给人指一个出路，虽然席瓦次巴德（在《复仇》里我却改成福尔恭席太因这个假姓）在巴黎刺杀“坡格隆”的一个主持者白俄将军彼特留拉是事实，那经过情形正如我在另一篇小说《海的梦》里所描写的那样。至于其它十几篇小说，不但题材对中国人并不怎么生疏，而且有几篇小说的真实主人公还是中国人呢！

我的短篇小说的另一个缺点应该是：结局常常很阴暗，没有给读者指示一条出路。有几个朋友常常因此责备我。我承认这个过失。但是我也想在这里分辩一下。我虽然有信仰，但我并不是说教者，我不愿意在每篇文章的结尾都加上一个光明的尾巴。而且实际上那些真实的故事往往结束得很阴暗，我不能叫已死的朋友活起来，喊着口号前进。我只是把一个垂死的制度的牺牲者摆在人们的面前，指给他们看：“这儿是伤痕，这儿是血，你们看！”也许有些人会憎厌地跑开，但是聪明的读者就不会从这些伤痕遍体的尸首上看出来一个合理的制度的新生么？

我的短篇小说除了上面的两个缺点外，自然还有别的。我并不想替自己掩饰。但是我得解释为什么会有那些缺点，又为什么不能够避免它们。而且我也不能如你所期望，“把对于量的重视转移到质一方面去”。因为我和你不同，我不是一个艺术家，同时也不想做一个艺术家。我也爱读你的《将军的头》，而且也为里面某一些奇丽的图画所感动，但是我写不出它们，同时也不想写它们。我太热情了，并且还有一种比艺术更有力的东西吸引着我，它随时都会把我拉去使我完全抛弃文学的制作。我时时刻刻都在和它战斗，但时时刻刻都准备对它屈服。我的生活就是在这种矛盾中度过的。我有时候拼命写作，有时候又感到果戈理焚毁《死魂灵》原稿时的心情。结果我并没有焚毁什么原稿，却反而更努力地写作，为的是害怕明天我会抛弃艺术，害怕明天我会亲手割断自己的文学的生命。这就是我近年来“多量生产”的一个重要的原因。

但是我还要指出另一个原因，那就是我缺乏一个艺术家的素质，我不能把小说当做一件艺术品来制作。我写文章的时候常常忘记了自己，我简直变成了一个工具，我自己几乎没有选择题材和形式的余裕和余地。正如我在《光明》集序里所说：这时候我自己不复存在了。我的眼前出现了黑影。这黑影逐渐扩大，终于变成了许多悲惨的图画。我的心好像受了鞭打，很厉害地跳动起来，我的手也不能制止地“迅速”在纸上动。许多许多人都借我的笔来倾诉他们的痛苦了。朋友，假若你能够看见我对着那张堆满书报和破纸的方桌，时而蹲在椅子上，时而坐下去，接着又站起来，或者蜷伏在沙发上那样激动地写作的情形，你想我会有希望写出像你的《将军的头》那样细致、华美的作品么？你想我还能注意形式、布局、焦点等等么？我自己差不多是不能够自主的。一种力量驱使着我，使我在“多量生产”上得到满足。我没有方法抗拒它，这在我已经成为习惯了。在艺术家的你们看来，这也许是可悲的事情。即便是我自己有时也为这个惋惜，然而我也没有办法。我这一生就是被矛盾的网掩盖着的，而且就是在矛盾中挣扎下去的。一个朋友最近对我说“像你现在这样写下去是没有几年的工夫好写的”，这就是说我的文学的生命不会长久。他好像为我惋惜。我自己也明白这个，而且也不能不感觉歉然。但是我仔细一想，我又反而高兴起来了。因为要这样我才可以下决心抛弃艺术，而没有牵挂。在艺术方面失了生命，在另一方面我就会得到新生了。我知道另外一些朋友是这样在替我祈祷的，他们很早就不赞成我写小说。

但是那些爱好文学的朋友却并不了解我的苦闷。他们常常逼着我把那些艺术上不成熟、但里面却充满着我的热情的作品交给他们发表。那些朋友是属于各方面的，甚至不同的党派的，所以我的作品就常常在各种刊物上出现了，终于到了多得使人讨厌的地步。但是我又有什么好办法呢？都是我的朋友，给这个朋友的杂志写文章而不给那个朋友的刊物写，是不行的。为了这个得罪朋友也有些不值得（其实我已经这样得罪过一两个朋友了）。所以我最后的决定还是：尽量地写罢，趁着我还有精力和机会的时候。也许我的作品会跟着我消灭，也许它们甚至比我先消灭，这对于我都是没有关系的。灭亡于艺术，也许就会新生于别方面，或者会应验塞翁失马的谚语也未可知。我的努力写作也许就正是趋向于在艺术方面灭亡的一条路。不过可悲的是将来会有人把我列入×××[1]先生之流，以为我是在开什么著作公司，或者想从小说方面发财。“多产作家”这几个字已经使人够受了。况且连你的批评文章里对于每月写四五万字的我，也用了“生产的多量和迅速”这些使人难堪的字眼！这些字眼常常使读者嗅到钱的气味，他们也许不会知道为了友情没有稿费也会写文章的事情。现在不是已经有什么小报在说我为各杂志写小说是在贪图巨额的稿费么？……

一九三二年秋在天津

① ×××：指张资平（1893–1959），后来做了汉奸。

我的呼号[1]

——给我的哥哥

你的车七点钟开，我不到六点三刻就离开了月台，我并不是害怕赶不上轮渡，小火轮要到七点二十分才离开浦口。你也许注意到了罢，临行我只和你松松地握了握手，淡淡地笑了笑就转身走了，我不曾回头再看你一眼。可是出了车站我却不肯走向江边，我和惠生[2]一起在长廊上慢慢地走着，我们往返地走了好几次。我们彼此都不说话。突然，火车的放汽声尖锐地冲进了我的

① 本篇最初连续发表于一九三三年四月二十七、二十八、二十九日《申报·自由谈》，发表时题为《苦笑呻吟与呼号——给我的哥哥》。

② 惠生是我们的表弟。我的哥哥李尧林在天津南开中学教书，请假来上海看我。我陪他游了杭州的西湖，然后送他到南京浦口，搭津浦车回天津。

耳朵，车轮驶动的声音接着响了起来。我知道你开始往北方走了。我的眼前模糊地现出了你的瘦脸，我的心隐隐地痛起来。我没有流泪，但是我的声音有些哑了。

“走罢。”惠生在催促，他的声音也和我的一样。我们就这样地离开了浦口。于是这十天来的生活完全消失了，我仿佛从一个长梦中醒了过来。

你回到天津去了。你还没有上车的时候，别人都说那个地方有些危险，劝你不要回到那里去，我却没有说一句劝阻的话。并不是我不知道这几天来所谓抗敌军事的变化，并不是我不顾念到你的安全。但是我更知道一件事情：你和我一样，你也是一个注定了在困苦中挣扎的人，你也没有偷安的机会和权利。生活的担子压在你的年轻的肩上，八十元一月的薪水就买去了你的全部光阴。你没有思想的自由，你更没有行动的自由。从这十天来的谈话中我已经了解你的平淡而痛苦的生活的全部了。

“这又有什么办法呢？”你带笑地说出来的这句话里一定含有悲哀。当你想到上面那些事情的时候，你的心会因悲愤而痛苦罢。但是你如果再一思索，想到在那一带地方还有千千万万的人民在枪炮、炸弹下面呻吟挣扎，你也许会觉得你自己的命运倒不是怎样可悲的了，你也许还会舍弃你的平淡的、痛苦的生活而投身在他们中间为他们做一些事情罢。我想你会这样做的，因为我看出来，在谈到那千千万万的人民在铁蹄下面呻吟挣扎的时候，你的被艰苦生活摧毁了的面容忽然发了光，你的疲倦的身体忽然充满了生气。我知道如今还有什么东西可以鼓动你的心。但是我怕，我怕再一个大的打击就会把你整个地打碎了。

你回到北方去了。这八年来我们聚在一起总共不上一个月。如今我要开始我的漂泊的生活。在我的想象中似乎就再没有我们安静地聚在一起的时间。昨天晚上在一个朋友的家里我曾经对你说过，我要找一个机会把我这年轻的生命拿来作孤注一掷。我想做一件痛快的事情，甚至就毁掉我的整个生活也不顾惜。当时你没有说什么，你不过微微一笑。

这情形你也许不会了解罢。“为什么应该舍弃写作的生活呢？”在你的思想里这个问题是得不着解答的。但是事实上你知道我整整三个月不曾动笔写什么了。我宁愿把时间花费在马路上、火车中，和朋友的家里来消磨我的年轻的生命。但是我所希望的机会终于连影子也不见，而外面却有人放暗箭似的在文章上说，我已经在自叹我的笔快要写完了。

自然，你是不会相信这种谣言的。我们在一起度过了将近二十年的生活，你知道我是以一颗怎样的心经历过这一切的。我的信仰和我的为人你都知道得很详细。我从没有写完过我所想写的东西，我也从没有一个时候让雾迷了我的眼睛。我到现在还活着，不曾躺下来。然而人家却拿种种的谣言来掩埋我了。对于这些谣言，我并不曾发出一声抗议。我只有苦笑，我只有呻吟。

这呻吟，这苦笑，在我的肩上堆积着，两年来它们就堆积了这么高，如今在我的身后就留下那么长的阴影。我渐渐地憎恨起我的名字来。起初我说我爱我的文章。然而现在在我的文章被人糟蹋够了以后，我也就憎恨我的文章了。如今我依旧在黑暗里挣扎，眼睛望着前面达不到的远处的光明，而我的文章差不多窒息了我的呼吸，我的名字差不多毁灭了我的信仰和我的为人。今天我不能够再苦笑了，我不能够再呻吟了。我说，这一切都应该终止了。

当初我献身写作的时候，我充满了信仰和希望。我把写作当做我的生活的一部分，我以忠实的态度走我在写作中所走的道路。我抱定决心：不做一个文人。你知道我素来就憎厌文人。我们常常说将来不要做一个文人，因为文人不是直接做掠夺者，就是做掠夺者的工具。在做小孩的时候我们就见惯了文人的丑态了。谁知道残酷的命运竟然使我自己今天也给人当做文人看待，而且把我们所憎厌的一切都加到我的身上了。造谣、利用、攻击、捧场，这两年来它们包围着我，把我包围得那么紧，使我不能呼吸一口自由的空气。有一个时候我甚至疑惑我马上就要进坟墓了。

在这种情形下面，我写出了我的《灵魂的呼号》[①]。那篇文章是去年秋天我们在天津相会时，我在你的同事的那间小屋里写成的。它在上海某杂志上发表以后，一个未见面的朋友读着竟然流下了怜悯的眼泪，他说料不到我的生活竟是如此地痛苦。

在那篇文章里我说过我要把文学生活结束了。可是我从北方回来，我的生活就陷落在更多的造谣、利用、攻击、捧场里面。这些侮辱伴着病把我压得不能够动弹。我在病床上躺了好几天，我想到我未写小说以前的生活，我想到我在生活里所私淑的几位先生，我的心就被悔恨折磨着。一个声音在我的耳边响起来："你不能够再像这样生活下去了。你应该站起来做一个勇敢的人！"

不错，我太懦弱了！作为一个"写作的人"，我确实是太懦弱了！这两年来我让一切侮辱加到我的身上，我从不曾发出过一声抗议。我苦笑、呻吟的次数确实是太多了。我怀着一颗孩子似的幼稚的心旅行了所谓中国的文坛，我相信着一切的人，我爱着一切的朋友。于是种种使我苦笑、呻吟的事情就发生了。

我说了我没有说过的话，我做了我没有做过的事。而那些话和那些事都是和我的思想相违背的。有些人在小报上捏造了种种

① 《灵魂的呼号》：即《电椅》集代序，见《巴金全集》第十卷。

奇怪的我的生平。有些人在《访问记》《印象记》等等文章里面使我变成他们那样的人，说他们心里的话。

你不知道我如今怎样地憎恨我的名字啊！有几次在不眠的夜里，我用力抓我的头发，我用力打我的胸膛。强烈的憎恨刺痛我的心，无边的黑暗包围着我。那时候我真希望能有一种力量来把我毁灭。我实在不能够忍受这种生活了。我分明爱自己的文章，然而现在我的文章却被糟蹋得使我不得不憎恨它们了。这情形就像一个母亲看见她的孩子被人摧残得失了人形。那痛苦你也应该了解罢。

现在无论如何我应该把过去的生活结束了。为了做一个真实勇敢的人，为了忠于我自己的信仰，为了使我不致有亲手割断我的生命的一天，我应该远离开那些文人，我应该投身在实际生活里面，在行动中去找力量，如我在《灵魂的呼号》中所希望的。这就是我所说的“拿生命来作孤注一掷”的意义了。

我究竟还有没有冲出重围而得到新生的那一天，连我自己也不知道。然而我如今是在呼号了。你是我的唯一的哥哥，我希望你在危险和困苦中时时记着我，给我帮助。

一九三三年春在南京

我的梦[①]

我不喜欢夜。我的夜里永远没有月亮，没有星，有的就是寂寞。然而不知道从什么时候起我有了一个朋友。

我的心上常常起了轻微的敲声。我知道那个朋友来了，他轻轻地推开了心的门，进到我的心里面，他就昂然坐了下来。和平常一样我就只看见他的黑影子。

“你放下笔！”他命令说。

我顺从地放下了笔。

“你今天又写了几千字了！”他嘲笑地说。

① 本篇最初发表于一九三四年一月一日《文学季刊》第一卷第一期，发表时题为《无题——一个自白》，署名余七。

我默默地看我手边的原稿纸，一共有十三张，全是今天写的。

“这有什么用处？谁要读你的文章？”他继续说下去，“几千字，几万字，几十万字，几百万字，你不过浪费了你自己的生命。你本来可以用你这年轻的生命做别的有用的事情，你却白白地把它糟蹋了！”

我沉默着。

“你整天整夜地乱涂着，你的文章在吸吮你自己的血，吸吮排字工人的血，吸吮那些年轻读者的血。你真是在做梦啊！你以为你的文章可以感动成千成万的新的灵魂吗？你这个蠢人！他们需要的全不是这一类的东西。

“你不记得一个青年写过信给你，说他爱你他又恨你吗？他爱你因为你使他看见了一线的光明；他恨你，因为你使他看见更多的黑暗，他要走去接触光明，却被更多的黑暗绊住了脚。你单单指了光明给他看，你却让他永远在黑暗的深渊里挣扎。你带给他的只有苦恼。你这个骗子，你真该诅咒啊。

“你不记得一个青年写过信给你，说他愿意跟你去死吗？你拿了什么给他呢？家庭束缚他，教育麻醉他，社会宰割他。你把他唤醒了。你让他瞥见了一个幸福的幻景，但你又把它拿走了。那个幻景引诱着他的心。他不能够再闭上眼睛躺下去，他愿意跟着你去追求那个幸福的幻景，一直到死。然而你却撇弃他不管了！你，你这懦夫，你真该诅咒啊！

“你不记得许多许多的青年曾经怀着痛苦的心求助于你吗？他们是年轻的、纯洁的、天真的。他们到你这里来，是因为周围的血快淹没了他们，周围的黑暗快窒息了他们。他们像遭难的船要把你这里当做一个避风的港口。然而你拿了什么给他们呢？你说：‘你们应该忍耐！永远忍耐。’本来在同样的环境里面丹东曾经对法国青年说过：‘大胆，大胆，永远大胆！’你却拿忍耐封锁了你的港口，把那些破船全赶走了，让它们漂流在无边的海洋上，受狂风暴雨的吹打。你，你这残酷的人，你真该诅咒啊！

“你说你那些文章使人家看见了光明，看见了爱，看见了自由，看见了幸福，甚至看见了一个值得献身的目标。然而你自己呢？当一些人正为着光明、爱、自由、幸福，为着那个目标奋斗、受苦以至于死亡的时候，你却躲在你自己写成的书堆里，让原稿纸消耗你的生命，吸吮你的青年的血。你抛弃了光明，抛弃了爱，抛弃了自由，抛弃了幸福，甚至抛弃了那个目标。你永远把你的行为和你的思想隔开，你永远任你的感情和你的理智冲突，你永远拿矛盾的网掩盖你的身子！你，你这个伪善者，你真该诅咒啊！

“文章和话语有什么用处？自从有人类社会一直到现在，所说过的话，所写过的文章倘若都能够遗留下来，堆在一起也可以淹没了世界。然而到现在人类还被囚在一个圈子里面互相残杀。流血、争斗、黑暗、压迫依旧包围着这个世界，似乎永远就没有终结。文章粉饰了太平，文章掩盖了罪恶，文章麻醉了人心。那些呼声至今还是响亮的，它们响得那么高，就压倒了你的轻微的呼号。你不久就会过去了，然而那些青年的灵魂是要活下去的。你说你唤醒了他们，你却又抛弃他们走开了，让他们留在黑暗的圈子里面梦想那些光明、爱、自由、幸福的幻景。你完全忘记了他们，让各种打击破碎了他们的肢体。你，你这个制造书本的人，你真该诅咒啊！

“我恨你，我诅咒你，我愿意我永远不再看见你！我愿意我能够毁掉你的那些原稿纸！我愿意我能够毁掉所有你写的书！我愿意我能够毁掉你的身子！”

那个朋友站起来，向门口走去。他气愤地关上我的心的门。他走了，留下我一个人在寂寞里。在我的手边无力地躺着那十三页原稿纸。

我记起来一件事情，这是那个朋友忘记了说的。半年前一个十五岁的孩子写信给我，说：“有人告诉我说，你将来会自杀，我希望你能够明白自杀是一件愚蠢的举动。”同时另一个女孩子却带着同情来信说：“我怜悯你，因为我知道你的心实在太苦了。”

这些天真的、幼稚的、纯白的心越过了那许多栏栅到我的身边来了。他们大量地拿安慰来萦绕我的梦魂。我不是一个忘恩的人，我也知道感激的意义。但是我不禁绝望地问：“我果然需要人来怜悯么？”

“我究竟做过了什么举动会使人相信我要自杀呢？难道我是一个至死不悟的人么？”

欺骗的、懦弱的、残酷的、伪善的、说教的、值得怜悯的，至死不悟的……这些形容词渐渐地一齐逼过来，压在我的心上，把心的门给我堵塞了。

我不能够再打开心的门，看见我自己的心。我不能够回答我自己的问话。

但是我并没有哭，因为我知道眼泪是愚蠢的。

我抛下笔，我把原稿纸全掷到地上。我说，以后不再写文章了。于是我默默地取了一本书，翻开来，看见上面有这样的一些字：

> 我驱走了一切的回忆；我把它们全埋在一座坟墓里面。十年来我埋葬了它们，十年来我努力忘记了一切。……悲哀死了，爱也死了，雪落下来，用它的白色的大氅覆盖了过去的一切。我呢，我还活着，我还很好。[①]

我希望我能够懂得这些字的意义。

一九三三年冬在北平

---

① 引自俄国民粹派女革命家薇娜·妃格念尔的《回忆录》。

我的自辩[①]

最近在“粉饰，歪曲，铁一般的事实”这题目下，我的两篇作品被列在第三种人的创作之林，而身受了左翼批评家的解剖刀。

对于这个，我并不愤怒，因为那解剖者似乎没有恶意，而且他并不像别的一些批评家那样从一篇作品里面引出了几句对话，就拿来代表作者的思想而加以攻击。

但这样我也并不承认这批评就是正确的。因为这批评是来自一个政党的立场，而我的政治主张和这政党的主张就不是一致。在这种情形下面，我当然可以得着“用政治上的术语讲，是错

---

① 本篇最初发表于一九三三年三月一日《现代》第二卷第五期。

误；用艺术上的术语讲，是失败”这个罪名，而且被加上“人道主义，安那其主义”这头衔。

对于这个，我也不抱怨，但可惜的是那批评者没有指出我的作品中“所发挥的人道主义、安那其主义的观点”是什么。诚然我不必否认我是一个安那其主义者（虽然我觉得我还不配），可是我的作品的立场常常不一定就与安那其主义相合，《海的梦》里的确只表现了“对于自由、正义以及一切的合理的东西的渴望”。《罪与罚》里暴露了司法制度下面的种种丑态，给法律一个致命的打击。这自然不能说是纯正安那其主义的立场，并且在表现方面我常常无意地流露了小资产阶级的意识。这是我的缺点。我觉得是应该克服的，但这克服却和左翼批评家所说的不同，因为我并不相信辩证法的唯物论。

谷非[①]先生将人道主义与安那其主义并列，把二者同时加在我的作品上，而且还有一些左翼批评家也拿人道主义、虚无主义、安那其主义来解释我的作品。然而他却没有说明这人道主义究竟是十九世纪社会运动中的Humanitarisme[②]（十九世纪中西欧许多卓越的社会主义者都常被人称为人道主义者），抑或是近年来左翼理论家笔下的人道主义。如是后者，则它与安那其主义或我的

---

① 谷非：即胡风。
② Humanitarisme：（法语）人道主义者。

作品都无关系。（同样虚无主义无论是巧尔里雪夫斯基、毕沙列夫所提倡的虚无主义，或司特普尼克所实行的恐怖主义，也都与左翼批评家所加于我的虚无主义不同。）他们因为断定人道主义（他们所解释的）、虚无主义（他们所解释的）和安那其主义是同样的东西。同时又从别的地方知道（或者猜想）一个作者是安那其主义者，于是就把这作者的一切作品冠上那三个头衔，就如他们先拿出一个政治纲领的模子，然后把一切被批评的作品拿来试放在这模子里面，看是否相合。全合的自然就是全好，合一部分或不合的就该遭他们摈弃，对于构成一个作品的艺术上的诸条件，他们是一点也不会顾念到的：这是他们的一贯的态度。

这样，谷非先生就把我的两篇作品放在那个模子里面了。结果当然是不合，因为他已经预先断定了我的政治主张是不同于他们的。不合的作品当然应该摈弃。于是在批评《罪与罚》时，他就说我“向刑事法庭要求公道”。

事实上我的忠实的读者会知道我根本反对在“公道”的假面下的阶级的裁判。《罪与罚》这题目是很显明的，并且那事实的确是一件“铁一般的事实”，这“一个断片的现象”，就可以暗示出来资本主义社会的全部存在。而谷非先生却完全主观地说它是“……心理描写”，又说作者多少受了主观的歪曲。

《海的梦》是一个寓言，写的时候正是我的心情陷于绝望的时期，所以带了较深的忧郁性，但是结尾却被一个显明的希望掩盖了。我自己当时的挣扎也是很苦痛的。

> 没有悲哀，没有回忆，我只有快乐，我只有希望。
>
> 过去的阴影死了，一切的苦难都跟着死了。我还活着，活着来翻开我的生活的新的一页，来达到那最后的胜利！

这是沉闷的悲观情调么?

自然在《海的梦》里我也犯了一些错误。譬如谷非先生说我“把女主人公写成了一个救苦救难的基督，把她的杨写成了一个基督的基督”，这虽然是他“过甚其辞”，但我也得承认一半。这原因正如我在前面说过的，是我在表现方面常常无意地流露了小资产阶级的意识。

这小资产阶级意识的克服，当然是必要的，但也不是容易的事，因为我常常会为我的小资产阶级的生活环境所限制。这一点我不否认。

最后谷非先生劝我“和新兴阶级的主观能够有比现在较好的接近”，这好意的劝告似乎是应该接受的，但是我也应该问一句：这所谓新兴阶级是单指在一党独裁制（或者如他们所说一阶级独裁制）下面卓绝地完成了五年计划的苏联的工农阶级呢，抑还是并指在CNT指导下面与玛西亚专制勇敢地斗争的西班牙一百三十多万的无产阶级和在F.O.R.A.[①]指导下面与白色恐怖艰苦地战斗的阿根廷无产阶级。或者和前者所要求的政治纲领似乎是两样的。如果谷非先生是单指前者而摒弃后者，那么对于他的好意的劝告，我就只得恭敬地璧谢了。因为我不妨明显地说我的政治纲领是和后者的一致的。

---

① F.O.R.A.：我无法在这里加上注释，因为这个组织早就不存在了。（一九八八年巴金注）

新年试笔[①]

在一九三二年的元旦日，我曾经写了下面的一段话，作为我的新年试笔：

> 黑暗，恐怖，孤独，——在寂寞的沙漠里我又度过一年了。
>
> 心啊，不要只是这般地痛罢。给我以安静，那片刻的安静也可以安舒我的满是伤痕的心。
>
> 不要战抖，不要绝望，不要害怕孤独，把一切都放

---

① 本篇最初发表于一九三四年一月一日《文学》第二卷第一号，署名比金。

在信仰上面。我的路是不会错的。拿出更大的勇气来向着它走去。不要因为达不到那目的地而悲伤。不要把自己的命运看得太重，应该把它连系在群体的命运上面，在人类的繁荣里看出你的前途来。

我还年轻，我要活下去。给我力量，给我力量来活下去，来忍受痛苦，继续挣扎。现在还不是应该放弃一切的时候。我还没有写尽我所要写的，我还要继续写下去。

要强健起来，勇敢起来，应该忍受一切苦难而存在，不要让苦痛埋葬了我。

这是为我自己写的，没有第二个人读过这悲痛的自白。

现在却又轮到我来写一九三四年的“新年试笔”了。

一个人对自己是没有欺骗没有宽恕的。让我再来打开我的灵魂的一隅罢。在夜里，我常常躺在床上不能够闭眼睛，没有别的声音和景象来缠绕我。一切人世间的荣辱毁誉都远远地消去了。那时候我就来做我自己的裁判官，严刻地批判我的过去的生活。

我的确犯过许多错误了。许久以来我就过着两重人格的生活。在白天我忙碌，我挣扎，我像一个战士那样摇着旗帜呐喊前进，我诅咒敌人，我攻击敌人，我像一个武器，所以有人批评我做一副机械。在夜里我却躺下来，打开了我的灵魂的一隅，抚着我的伤痕哀伤地哭了，我绝望，我就像一个弱者。我的心为了许多事情痛楚着，就因为我不是一副机械。

“为什么老是想着那憎恨呢？你应该在爱字上多用点力量。”一个熟识的声音在我的耳边响起来了。

在过去我曾被视为憎恶人类的人，我曾宣传过憎恨的福音，因此被一些人把种种错误的头衔加到我的身上。为了那恨，我曾求过凡宰特的宽恕，因为他教过我爱；为了那恨，我曾侮辱了克鲁泡特金，因为我使人误解了他的学说。那憎恨所带给我的苦痛确实是太多太多了。

“你为什么就不抛弃掉那憎恨呢？”我也常常拿这话来问我自己。但是我永远得着同样的强硬的回答：“我不能！在这样的社会里我是不能爱人的。”我说这些话也费了很大的力量。那挣扎是很苦痛的。我知道为了这恨，我还要继续把苦痛当做糖果般一粒一粒地吞进肚里。

许多人指摘过我的错误了。有人说世界是应该用爱来拯救的。又有人说可憎的只是制度，不是个人。更有些人拿了种种社会科学的术语来批评我的作品。他们说我不懂历史，不懂革命。他们说这一切只是没落的小资产阶级的悲哀，他们说我不能够体验实生活。

我也曾将这些批评仔细考察过。并且我早已用事实来回答了他们：我写过十三四万字的书来表示我的社会思想，来指明革命的道路，我在许多古旧的书本里同着法俄两国人民经历过那两次大革命的艰苦的斗争，我更以一颗诚实的心去体验了那种种多变化的生活。我给自己建立了一个坚强的信仰。从十五岁起直到现在我就让那信仰指引着我。

我是浅薄的，我是直率的，我是愚蠢的，这我都承认。然而我却是忠实的，我从不曾让雾迷了我的眼睛，我从不曾让激情昏了我的头脑。在生活里我的探索是无休息的，无终结的。我不掩护我的弱点，但我不放松它，我极力和它挣扎，结果就引起了一场斗争，这斗争是激烈的，为了它我往往熬尽了心血。我的矛盾也就从这里产生了。

我的生活里是充满了矛盾的，感情与理智的冲突，思想与行为的冲突，理想与现实的冲突，爱与憎的冲突，这些就组成了一个网把我盖在里面，把我抛掷在憎恨的深渊里，让那些狂涛不时来冲击我的身体。我没有一个时候停止过挣扎，我时时都想从那里面爬出来，然而我不能够弄破那矛盾的网，那网把我束缚得太紧了。

黑暗，恐怖，孤独——在我的灵魂的一隅里永远就只有这些东西。在那长期的探索中，我永远走着那寂寞的大沙漠。没有人能够了解我，因为我就不肯让人了解；但正因为没有人了解，我又把我的苦痛增大了。人只看见过我的笑，却没有人知道我是整天拿苦痛来养活我自己。

我的憎恨是盲目的，是强烈的，是普遍的。我常常把我所憎恨的对象描写成一个可憎的面目，我常常把我所憎恨的制度加以人格化，使它变成了怎样可恨的人，我常常把我的爱极力摧毁，使它变成憎恨。

这一切在别的人看来也许全是不必需的，他们也许会以为我是被雾迷了我的眼睛。其实这全不是。我很知道我不过是一个过渡时代的牺牲者。我不能够免掉这一切，完全是由于我的生活的态度，我是一个有血有肉的青年，我忠实地生活在这黑暗的混乱时代里。因为忠实，忠实地探索，忠实地体验，就产生了种种的矛盾，而我又不能够消灭掉它们。我固然有一个坚强的信仰，但我却不是像克鲁泡特金那样纯洁完全的人，或像奈其亚叶夫那样意志坚强的人，我只是一个极其平凡的青年。

我的一生也许就是一个悲剧，但这是由性格上来的（我自小就带了忧郁性），我的性格毁坏了我一生的幸福，使我在苦痛中得到满足。有人说过革命者是生来寻求痛苦的人。我不配做一个革命者，但我却做了一个寻求痛苦的人。我的孤独，我的黑暗，我的恐怖都是我自己找寻来的。对于这我不能够有什么抱怨。

我承认我不是健全的，我不是强项的，我承认我已经犯过许多错误。但这全不是我的思想，我的信仰的罪过。那责任应该由我的性格、我的感情来负担。也许我会为这些过错而受惩罚。我也决不逃避。自己种的苦果就应该自己来吃。这并不是我一个人的命运。做了这过渡时代的牺牲者的并不是我一个人。我甚至在像马拉、丹东、罗伯斯庇尔、柏洛夫斯加亚、妃格念尔这般人中间发见和这类似的悲哀，虽然他们的成就是我所不敢想望的。

然而不管这些错误，我依旧要活下去，我还要受苦，挣扎，以至于灭亡。

那么在这新年的开始就让我借一个朋友的话来激励自己罢：

> 你应该把你的生命之船驶行在悲剧里（奋斗中所受的苦痛，我这样解释悲剧），在悲剧中振发你的活力，完成你的创造。只要你不为中途所遇的灾变而覆船，则尽力为光明的前途（即目的地）而以此身抵挡一切苦痛，串演无数悲剧，这才算是一个人类的战士。

我与文学[1]

沉默，这半年来的沉默差不多闷得我说不出话来了。我很高兴还有机会在这里饶舌。

我生在一个封建的大家庭里，有将近二十个长辈，有三十个以上的兄弟姊妹，有三四十个男女仆人。但是我从小就爱和所谓“下人”在一起。我是在“下人”中间长大的。在鸦片烟灯旁边我听过不少从轿夫、听差的口中讲出来的故事。在柴灶前面我曾帮忙过轿夫们烧火煮饭。在这一群没有知识、缺乏教养的人中间我得到了我的生活态度，我得到了那个近于原始的正义的信仰，

---

① 本篇最初发表于一九三四年七月生活书店版《我与文学》（《文学》一周年纪念特刊），发表时题为《我希望能够不再提笔》；后收入《生之忏悔》时，改题为《我与文学》。

我得到了直爽的性格。书本所告诉我的，教师所传授我的，都早被时间的流水冲洗干净了。只有那生活态度，那信仰，那性格还留下来，成为跟我不能分离的东西。我彻头彻尾是一个粗野的人。

我缺乏教养，我没有知识；我不曾登过艺术的宫殿，我也没有入过学府的堂奥。虽然也曾跟在文豪学士的后面喊过几声，但也只是喊而已。我从不敢妄想跟着文豪学士高视阔步地走进文坛。我根本就是一个不学无文的人。这个原形无论如何是没法遮掩的。

文学是什么？我不知道，而且我始终就不曾想知道过。大学里种种有关于文学的课程，书店里有种种关于文学的书籍。然而这一切在轿夫、仆人中间是不存在的。他们梦想不到会有许多人靠着文学吃饭。他们也决不会想到我也靠稿费维持生活。

我写过一些小说，这是不可否认的事实。然而这些小说是不会被列入文学之林的，因为我自己就没有读过一本关于文学的书。我写文章不过是消耗自己的年轻的生命，浪费自己的活力。我的文章吸吮我的血液，我自己也知道。然而社会现象像一根鞭子在后面鞭策我，要我拿起笔。

但是我那生活态度、那信仰、那性格使我不甘心。我要挣扎。我常常绝望地自问：难道我是注定了跟在文豪学士后面呐喊的么？难道我就不能做一件更有用的事情？我是从“下人”中间出来的，我应该回到他们里面去。

现在我的笔暂时放下了。虽然沉默也使人痛苦，但是我希望我能够坚持着不再把我的笔提起来。

一九三四年六月

灵魂的呼号[①]

××：

我把我的第三本短篇小说集献给你，同时，请你听听我这个孤寂的灵魂的呼号罢。

在南京一个朋友的温暖的房间里我想到你，在青岛的静寂的山居中我想到你，在济南的一个简陋的小客栈中我想到你，在津浦车上不眠的夜里我想到你，在天津一个学校的宿舍里我想到你，在北平一个黑暗小巷的公寓中我想到你。想到你，我就仿佛看见你那一对关切的大眼睛，我就仿佛听见你那些温柔、关切的

① 本篇原题为《灵魂的呼号》，最初发表于一九三二年十一月一日《大陆》第一卷第五期。

话，我就感到心的激荡，我就抱怨我自己，抱怨我自己的长久的沉默。我觉得我应该给你写这封信。

今天和两个朋友在东安市场一家广东酒楼上喝了几杯白玫瑰出来，坐在洋车上，让车夫把我颠簸地拖过旧都的阴暗、泥泞的街道。我的心像火一般地燃烧起来，我的身体激动得发战。我不能够再保持沉默。我觉得我要是再不说一句话，我的身体也许就会被那心火烧成了灰烬。近来因为工作过度损害了健康。我常常想到死。一些经历使我觉得死并不是难事，譬如十天前在胶济路上就几乎因为火车出轨而遭难。倘使我明天死去，那么我就永远没有机会让你了解我了。所以我回到公寓以后，就在一张小条桌前面坐下来，给你写这封信，让我的灵魂的呼号有机会送到你的耳边，因为你是唯一可以倾听我的灵魂的呼号的人。

我开始应该向你说些什么话呢？你想想看。你也许不会想到的。我说让我在你的面前痛痛快快地哭一次罢。××，你不要惊奇。因为我已经吞下不少的眼泪了。我应该找一个机会，找一个地方把它们倾吐出来。我说这些话的时候，我手边还有两封索稿的信，在那些信里，编辑先生们称我为“第一流的作家”；还有一封远方的不认识的青年的来信，在信里他说了许多敬慕的话；我的手边还放了几本新出的杂志，上面都登载了我的文章。但是它们对我都变成陌生的了，不仅是陌生的，而且还是些反面的讥笑，在我的心痛得最厉害的时候，人们却写了钦慕赞美的信函来。这些信函只有增加我的心痛，使我更清楚地知道自己的孤独。

××，你是知道的，我把全部精力贡献在写作上，那是去年三四月间的事情，到现在算起来不过一年半的时间。在这样短的时间里我写了十本长短篇小说（我说十本是可以的，因为有一本长篇是烧毁后重写起来的）。我这样不吝惜我的精力和健康，我甚至慷慨地用我日后的几年的生命来换这八十多万字。我每写完一本书，总要抚摩自己的膀子，我明知道这本书又吞食了我一些血和肉，我明知道它会使我更逼近坟墓，虽然说是慷慨，但我也不能没有悲戚。我默默地望着面前写成的稿子，想到过去和现在有一些像我这样的年轻人怎样过着充实的生活的事情，我的眼睛就润湿了。但是我并没有哭，我却把眼睛掉开，看别的东西，一直到我的眼睛干了，我才以另一种心情来重读我的稿子。这就是一个所谓作家的生活了。

××，这情形不但是一般人所不知道的，便是你，恐怕也不知道罢。日也写，夜也写，牺牲了休息，牺牲了睡眠，我是在怎样的一种情形下面糟蹋我的年轻的生命，这种可悲的情形也只有我自己知道。记得有一次在一个地方我们偶然遇见了，你诚恳地劝我："文章可以少写一点，健康是要紧的，不要贪图目前而忘了未来。你的身体本来不好，我读到你的许多文章就仿佛看见你吐出多量的血。"那些温柔的话至今还留在我的耳边，像美丽的乐曲，使我的心激荡。又一次你来信说："你近来发表的文章真是太多，差不多什么杂志上都有你的稿子。我爱惜你，所以不得不劝你，像你这样浪费地写下去是不行的，不仅会妨害你的健康，还会妨害你的令名。你简直在糟蹋你的文章。"我没有回你的信，痛苦和感激使我沉默，直到这次把这本小说集献给你的时候，我才写信给你。我担心你接到我的小说，甚至会说："我不要接受你的小说，你自己这样糟蹋你的文章，你自己一定不爱惜它们。"

××，怎么连你，连聪明而又关心我的你，也不了解我呢！怎么连你也像一般人那样拿误解来折磨我呢！但是我没有抱怨你的心思。我知道你说那些话全是为我好。不幸的是我不能够照你的话做。那是超乎我的能力以上的。

××，我的这几句话并不是一种遁辞。我告诉你，我也跟一般人一样需要休息，需要快乐，需要活动。在这样轻的年纪就把自己关在书斋里，头俯在书桌上，让纸笔做了自己的伴侣，这完全不是愉快的事情。这种所谓作家的生活是极其可悲的生活。不知道有多少次在不眠的夜里我睁起疲倦的眼睛，用了最后的努力在纸上工作，在我的周围是一个睡眠的世界，那时候我真羡慕那些能够放心地闭着眼睛躺在床上的人啊！我常常想：难道我的生命就应该这样零碎地消耗吗？

我没有自由，我没有快乐，一根鞭子永远在后面鞭打我，我不能够躺下来休息。这根鞭子就是大多数人的受苦和我的受苦。这种受苦是没有终局的。我一直被它鞭打了这许多年，被它赶着走了许多路程。即使前面站着死亡，我也只得向前走去，哪里还顾得健康和名誉？××，你不知道，当热情在我的身体内燃烧的时候，我那颗心，我那颗快要炸裂的心是无处安放的，我非得拿起笔写点东西不可。那时候我自己已经不存在了，许多惨痛的图画包围着我，它们使我的手颤动，它们使我的心颤动，你想我怎么能够爱惜我的精力和健康呢？我一点也不能够节制，我只有尽量地写作，即使明知道在这种情形下面写出来的东西会得到不好的命运，而且没有永久存在的价值，我也只得让它去。因为我不是一个文学家，也不想把小说当做名山盛业。我只是把写小说当做我的生活的一部分。我在写作中所走的路与我在生活中所走的路是相同的。无论对于自己或者别人，我的态度都是忠实的。因此也就产生了种种的矛盾，我自己又没有力量来消除这些矛盾。爱与憎的冲突，思想和行为的冲突，理智和感情的冲突，理想和现实的冲突，……这些织成了一个网，掩盖了我的全部生活，全部作品。我的生活是痛苦的挣扎，我的作品也是的。我时常说我的作品里混合了我的血和泪，这不是一句谎话。我完全不是一个艺术家，因为我不能够在生活以外看见艺术，我不能够冷静地像一个细心的工匠那样用珠宝来装饰我的作品。我只是一个在暗夜里呼号的人。所以节制对于我没有一点用处。即使花费十年工夫写一部作品，我也只会写出现在的这个样子，何况我的生命是短促的，我也没有从容下笔的时间。

××，接受我这本小说集罢。我告诉你，我确实爱自己的文章，因为每一篇小说里都混合了我的血和泪，每一篇小说都给我唤醒了一段痛苦的回忆，每一篇小说都给我叫出了一声追求光明的呼号。光明，这就是许多年来我在暗夜里叫喊的目标。它带来一幅美丽的图画在前面引诱我，同时受苦的、惨痛的景象又像一根鞭子那样在后面鞭打我。我在任何时候都只有向前走的一条路。我的小说就是我在这个旅程中沿途丢下的东西。我为什么不爱它们呢？我又怎敢拿我不爱的东西献给我所敬爱的你呢？

但是，××，我没法强辩，我不能驳倒你所说的糟蹋文章的话。××，你是严厉的裁判官，在你面前我只有低头。我的确拼命糟蹋文章，我把文章当做应酬朋友的东西，一份杂志，即使那上面载满了我见了就头痛的名字和作品，我也让人家把我的文章在那里发表。我的文章被列在各种各类人的大作之林，我的名字甚至在包花生米的纸上也可以常常看见，使得一部分人讨厌，另一部分人羡慕。……我的名字成了一个招牌，一个箭垛，一面盾。我的名字掩盖了我的思想，我的信仰，我的为人。一些人看见这个名字就生气，以为我是一个怎样不可救药的人。把我当做攻击的目标；另一些人却把这个名字当做“百龄机”的广告，以为有意想不到的效力。于是关于这个名字的谣言就起来了。我做了许多自己完全不知道的事情，我认识了许多自己完全不知道的朋友，我甚至变成了两三个人，同时住在两三个地方。其结果我因为这些更被人讨厌或者羡慕，而我自己依旧完全不知道。拿文章来应酬，到后来就是拿名字来应酬；自己糟蹋文章，糟蹋名字，到后来就是文章和名字被人糟蹋。我从来没有发出过一声痛苦的呼号，我像一个硬汉似的忍受这一切。××，你以为我自己对这些就没有一点爱惜么？啊，我不知道应该用什么话来表示我怎样爱惜我的作品啊！你也许会以为这又是我的一个不可理解的矛盾罢，因为我知道你决不会像某些人那样以为我贪图巨额的稿费。××，我的为人你是知道的，我所写的文章就很少得过巨额的稿费，有些甚至一文稿费也没有得到。只有你知道：把我当做想钱的人，是怎样地冤枉了我。××，在这方面我的痛苦永远没有人了解。

××，我不是一个艺术家。人说生命是短促的，艺术是长久的。我却以为还有一个比艺术更长久的东西。那个东西迷住了我，为了它我甘愿舍弃艺术。艺术算得什么？假若它不能够给多数人带来光明，假若它不能够打击黑暗。整个庞贝[①]城都会被埋在地下，难道将来不会有一把火烧毁艺术的宝藏，巴黎的鲁佛尔宫[②]？假若人

---

① 庞贝：PomPeii，古城，在意大利拿波里城的东南，维苏威火山的脚下。公元七十九年维苏威火山爆发，把整个庞贝城埋在山石和灰烬下，到一七五五年才全部发掘出来。

② 鲁佛尔宫：即Louvre，法国国家美术陈列馆。

们把艺术永远跟多数人隔离，像现在遗老遗少们鉴赏古董那样，谁又能保得住在大愤怒爆发的时候，一切艺术的宝藏还会保存它们的骄傲的地位？老实说，我最近在北平游过故宫和三殿，我看过了那些令人惊叹的所谓不朽的宝藏。我当时有这样一个思想：即使没有它们，中国决不会变得更坏一点。然而另一些艺术家却诚惶诚恐地说失掉它们中国就不会存在。大多数人民的痛苦和希望，在他们看来倒是极小极小的事情。

我的文章是直接诉于读者的，我愿意它们广泛地被人阅读，引起人对光明爱惜，对黑暗憎恨。我不愿意我的文章被少数人珍藏鉴赏。我愿意我的文章完成了它们的使命过一个时期就消灭到无踪无影，我不愿意它们永久孤寂地躺卧在名人的书架上。所以我毫不抱怨地拿文章来应酬朋友，让它们出现在各种刊物上面。我的文章是写给多数人读的。我永远说着我自己想说的话，我永远尽我在暗夜里呼号的人的职责。但是没有一个人了解我。误解，永远是误解，我一生所得到的永远是误解。如今连你也误解了我。

××，我得向你承认，我的朋友是很多的，他们都爱护我，虽然他们的思想跟我的差得远，他们是各党各派的人。他们过分地看重我，期望我，甚至帮助我，这是我应该感激的。但是可悲的是他们并不了解我，环境和教育在我跟他们中间划了一道鸿沟。我感激他们，但是我无法报答他们，于是拿文章来应酬，其结果就到了糟蹋文章的地步。然而我也应该感激他们把我的文章散布到广大的中国的各处。因为这许多文章我认识了更多的新朋友，因为他们我又发表了更多的新文章。这种情形现在还会继续下去。我虽然得到了更多的误解和痛苦，但是我只有把痛苦忍在心里，把眼泪吞在肚里。我不能够抱怨他们。这就是我这两年来的痛苦生活的由来了。

××，我现在准备把我的写作生活结束了。我的痛苦、我的希望都要我放弃文学生活，不再从文字上却从行为上找力量，不知道我究竟有没有毅然放弃它的勇气。我在这方面也是充满了矛盾的。我对文学生活也不能毫无留恋，虽然我时常不满意它，虽然它给我带来那么多的误解和痛苦。我随时都准备着结束写作生活，同时我又拼命写作，唯恐这样的生活早一天完结。像这样生活下去，我担心我的生命不会长久，我害怕到死我还陷在文学生活里面。这种情形的确是值得怜悯的。

××，这样我把我的心完全剖给你看了。你看我是多么无力，多么可怜。我要求你帮助我。我现在已经没有一点力量了。

请你接受我这个礼物罢。这里面有我的痛苦的生活，有我的需要着你帮助的心。你是能够帮助我的。

我祝福你！

你的朋友巴金　一九三二年十月

给E. G.[①]

E. G.[②]：

五年很快地就过去了。这期间我没有给你写过一封信，也没有在你常常接触的那些报纸上报告过任何消息。也许你以为我已经死了。在混乱的国度里死掉一个年轻人，这是很平常的事情，你会这样想。不然为什么我回国以后就像石沉大海般没有一点影响呢？

---

① 本篇最初发表于一九三四年七月四日《大公报》，曾收入一九三六年三月商务印书馆版《生之忏悔》。作者于编选《巴金短篇小说集》（第二集，一九三六年四月开明书店出版）时，曾收入该集之《将军》辑，并改题为《将军·序一》。

② E. G.：即爱玛·高德曼（1869-1940），俄国出生的美国革命家，无政府主义者。一九二五年开始由秦抱朴介绍，我和她通过几封信。

E. G. ，我没有死，但是我违背了当初的约言，我不曾做了一件当初应允你们的事情。我一回国就给种种奇异的环境拘囚着，我没有反抗，却让一些无益的事情来消磨我的精力和生命。于是我拿沉默来惩罚了自己。在你们的milieu[①] 里我是死了，我把自己杀死了。我想你和A. B. [②] 有时候在工作的余暇也许会谈到我的死，为这事情发出一两声叹息罢。

E. G. ，这五年是多么痛苦的长时间啊！我到现在还不明白我是怎样度过它们的。然而那一切终于远远地退去了，就像一场噩梦。剩下的只有十几本小说，这十几本书不知道吸吮了我多少的血和泪。

但是这情形只有你才了解。你会知道在这五年里我贡献了怎样的悲惨的牺牲，这牺牲是完全不值得的。这只有你一个人知道。当我十五岁的时候你曾经把我从悬崖上的生活里唤了转来。[③] 以后在一九二七年，两个无罪的工人[④] 在波士顿被法律送上了电椅，全世界的劳动阶级的呼声被窒息了的时候，我曾经怀着那样的痛苦的、直率的心向你哀诉，向你求救，你许多次用了亲切的鼓励的话来安

---

① milieu：（法文）圈子的意思。

② A. B. ：即亚历山大·柏克曼（1870–1936），高德曼的朋友和同志。我翻译过他的名作《狱中记》（节译本），一九三六年由文化生活出版社刊行。

③ 我十五岁读到她的论文《无政府主义论》（中译文）。

④ 指意大利工人N.Sacco与B.Vanzetti，当时我在法国。

慰我，用了你的宝贵的经验来教导我。你的那些美丽的信至今还是我的鼓舞的泉源，当我有机会来翻读它们的时候。E. G. ，我的精神上的母亲（你曾允许过我这样称呼过你），E. G. ，你，梦的女儿（L. P. Abbott这样称呼过你），你是唯一了解我的痛苦的人。

现在人家在谈论我的教养、生活、意识了。那些人，他们不曾读懂我写的东西，他们不曾了解我的思想，他们不曾知道我的生活。他们从主观的想象中构造成了一个我，就对着这个想象的人的身上放射了明枪暗箭。虚无主义，人道主义，人家把这样的头衔加到了我的名字上面。我的小说给我招来了这许多误解。我的小说完全掩盖了我的思想，我的为人。虽然我曾经写过一本三百多页的解释我的思想的书（这书里面没有一个玄学的术语，完全是人人懂得的话句），但那些谈论我的思想断定我为某某主义者的人是不会去读的。他们根据一篇短篇小说就来断定我的思想，然后再从这里演绎出种种奇异的结论。这几年来我就陷落在这样的泥窖里面爬不起来。

我憎恨我自己，憎恨我写的这些文章，我决定惩罚自己，我便用了沉默这刑罚，几年来我没有和你们通过一次信，我自己塞断了鼓舞安慰的泉源，这惩罚也使我受够苦了。我就是这样地在痛苦中活埋了自己。

今天读着你的两厚册的自传“Living My Life”，那两本充满着生命的书把我的灵魂猛烈地震动了。你的那响彻了四十年的春雷般的吼声通过了全书来叩我的活葬墓的墓门。这时候沉默也失掉了它的效力。生命之火燃起来了。我要回到那活动的生活里去。我也要去历尽那生活的高峰和深渊，历尽那痛苦的悲愁和忘我的喜悦，历尽那黑暗的绝望和热烈的希望。我要以你所教给我的态度从容地去度那生活，一直到饮尽了杯中的最后的一滴。

E．G．，我现在开始来打破那沉默了。同着这封信我愿意把我的最近的这本小说集献给你，它也是我的沉默时期中的产物，它也浸透着我的血和泪。从这里面你可以看出来我的最近一年的苦痛生活。而且从《在门槛上》一篇里你也可以看见你自己的面影。我因了你的介绍才读到屠格涅夫的那首伟大的散文诗，才认识亡命巴黎的那些柏罗夫加斯亚型的女性，在我的脑筋里，她们的印象也是永远不会消灭的。我盼望着在最近的将来我和你，和她们能够在地中海畔的巴塞罗那见面。那时候我决不会再向你絮絮地谈我的苦痛的生活了。

一九三四年六月，北平

呓　语[1]

我究竟在什么地方？……

在一篇短文的开始我写过了这样的一句话：

沉默，这半年来的沉默差不多要闷死我了。

这并不是假话，里面不含有一点夸张。短短的十几个字也是由痛苦的经验堆积起来的。

说痛苦，大概谁也不肯相信。在这个国家里就充满着把幻想当做现实而靠着幻想生活的生物。对于他们，这个世界上就只有

① 本篇最初发表于一九三四年十二月十日《水星》第一卷第三期。

光，只有花，只有爱。

然而我的眼睛却看出了不同的景象，我的耳朵也听见了不同的声音。甚至在黑夜里我的眼睛也是睁开的，同时还有各种声音继续送进我的耳里来。光么？周围是黑漆的一片。花么？我闻不到一点儿香气。爱么？这里是如此地寒冷。

我究竟在什么地方？坟墓里罢，死床上罢，“狭的笼”内罢。我怎能够知道！也没有人来告诉我。好寂寞呀！我竟然看不见一个人。为什么呢？我真的死了吗？可是我明明还有一口气！

好闷呀！我简直透不过气来。有什么东西压在我的胸膛上。是这样地重！我想动，但是我的手脚都似乎变硬了。不，是谁把它们给我绑住了。我居然这么糊涂！那是什么时候的事情？我完全不知道！

怎么办呢？老是纳闷，老是焦急，这是不行的。我实在受不下去了。我要嚷。可是我的舌头不能够转动了。为什么？我的舌头被谁割掉了罢。我用尽力气也嚷不出声来。话到了喉管又缩了回去。我在吞自己的话。我咽了一肚皮的话。怪不得胸膛上是那么地重。

我算是完结了。手脚没有用，舌头也没有了。我老是躺着。然而我也得明白我究竟在什么地方！我一定是被谁关在笼子里面了。我并不是一个只会讨人欢喜、给人玩弄的小生物。我又不会伺候人，看别人的脸色就知道别人的喜怒。那么……我会被当做一只野兽吗？可是我并不曾咬过人，我根本就不曾见过一个人呢！

挣扎罢，找谁理论罢。没有一个人。黑暗里在我跟前仿佛晃动着一些奇怪的影子。它们是这么淡，这么模糊，耳边又只有一些啾啾般的叫声。不管这地方是坟墓，是死床，是囚笼，我总是孤单单的一个。

我为什么会在这个地方？以前我不还是自由自在的吗？那是从什么时候起的？昨天吗？不会这么快！怎么一霎眼我就到了这个境地！这经过我完全不明白。我只记得有过一个时候，我昂着头在阳光下面走路，我张着嘴唱歌。然而不知不觉间我就到这个地方来了。

老是躺着，这不成！我得活动一下。可是身子僵硬了，连膀子也动不得。我的血似乎凝结了，不，给什么东西吸光了。什么东西到现在还在吸我的血！我的膀子痛得要命。那个东西用力在吸！不止一个，许多许多。它们比蚊虫厉害过千百倍。我全身都是这些东西。它们拼命在吸我的血！我的血快光了！我得动一动！我要救我自己！

我究竟在什么地方？……

我要动我的膀子。可是我没有力气。身子是这么软……怎么？我真的给人绑住了手脚吗？绳索究竟是粗还是细，我看不见，摸不到。我没有力气，没有力气……完结了。

完结了。就这样简单地完结了吗？我是怎样的一个人呀！从前我不是也跟在别人的后面昂起头，挺起胸，呐喊过吗？难道现在我就只知道完结了？没有力气。可是我还有知觉，我还知道怎样用力呀！

没有舌头，也得咬紧牙关。膀子不能动，拳头也得捏紧。不管是在什么地方，既然我是一个年轻人，就得拼命地挣扎一下！

咬紧牙关。我不怕！我说过不会怕。啊，我有一点儿力气了。我在动。我的手动了。我继续用力。奇怪，仿佛并没有绳索。我用力动着手。我的右手动了，左手也动了。我的手并没有被人绑住。我一定是做了一个噩梦。一个多么可怕、多么痛苦的梦啊！可是我战胜自己了。

我胜利了。奇怪，我的舌头动了。我居然嚷出声来了，我的舌头明明在我的口里！

我在什么地方？……我知道！

我明明坐在我的书桌前面。

一九三四年秋在上海

《黑暗之势力》之考察[①]

一

托尔斯太逝世的时候，教会的当局把他认作他们一道的人。他们说："他是我们中人。"这一件事情便使我联想起一篇关于苍蝇和耕牛的俄国寓言。牛拼命地耕田，苍蝇休息在牛角上，一事不做，然而牛弄得精力竭

① 本篇最初发表于一九二九年四月二十五日《自由月刊》第一卷第四期，署名芾甘。

尽回家的时候，苍蝇却夸大地说：“我们耕了田了。”教会的当事人对于托尔斯太的举动恰和寓言中的苍蝇一样。诚然，托尔斯太把他的人类关系之概念基础在《福音书》之新的解释上面。然而他和现在的基督教是离得很远很远的。

托尔斯太是最后的真正基督教徒，因为他是一个真正的基督教徒，所以他把教会的要塞及其一切恶毒的黑暗之势力、一切罪恶、一切残酷的暴行完全摧毁了。

因为这个缘故，他便受着“圣公会”（宗教议会）的迫害，被处以破门罪而逐出教会；因为这个缘故，他便为沙皇及其刽子手所嫉恨；因为这个缘故，他的著作在俄国曾被禁止。

托尔斯太之所以能够逃脱其他伟大的俄罗斯人的命运，其唯一的理由是他的力量要超过于教会，要超过于贵族，甚至要超过于沙皇，他是俄罗斯伟大的良心，他把她的罪恶展现在文明世界之前。

托尔斯太对于当时诸大问题的感受是何等地深切，他对于人民的关系是何等地密切，这在他的各种著作中都曾明白地指示出来的，然而未有比在《黑暗之势力》一剧中描写得更为有力者。

以上是高德曼批评托尔斯太的一段话。

二

《黑暗之势力》是贫困和愚昧之悲剧。它描写一群浸在贫乏与黑暗中的农民的生活情形。这种可怕的情形，特别是关系女人的情形，已被剧中的一个人物明白地说出来了。

> 密特里：你们女人和姑娘有数百万，然而你们都是和森林里的野兽一样。她那样地生，她也那样地死。她连什么也不知道，也不曾听说过。一个男子是多少会学得一点东西的；如果没有别的地方可学，那么至少在酒店里，或者因偶然的机会，进得监牢，再不然像我这样在军队里学到一点东西。然而一个女人呢？关于上帝的事她一点也不知道——不，她连日子也分别不出。她们乱爬着像瞎眼的小狗一般，把她们的头贴在粪堆里。

富农彼得病得快死了。然而他非常爱钱，而且奴使着他年轻的妻子阿尼西，他底前妻所生的两个女儿，和他雇用的长工尼其泰。他不愿意他们有一点儿休息，因为他既怕死，又非常爱金钱。阿尼西恨她的丈夫，因为他强迫她做苦工，而且他又老又病。她爱尼其泰。年轻的尼其泰是不能够拒绝女人的，女人便是他的主要弱点，他在女人面前是毫无力量的，他未到彼得田庄上来的时候，已经和一个孤女马林发生了关系，那女儿有了孕，便求助于尼其泰的父亲阿奇姆。阿奇姆是一个单纯而诚实的农人。他逼着他的儿子娶那女儿："因为骗一个孤女是一件罪恶。"他向他的儿子说："尼其泰，当心！一滴犯罪之泪不会白白流过去的，它会流在一个人的头上。当心，否则你自己也会遇着这样的报应。"阿奇姆的良善和朴实处处受着他妻子玛德邻的贪心和恶念的反对。结果尼其泰依然留在彼得的田庄上。而阿尼西受着玛德邻的指使竟毒死了老彼得，偷了他的钱。

阿尼西的丈夫一死，阿尼西便嫁与尼其泰，把彼得的金钱让给尼其泰挥霍。尼其泰做了一家之长，不久便变成了一个浪子，一个专制者。他本来所有的好处都被这种有闲而有钱的生活消灭得干干净净。金钱本来足以毁灭人性败坏良心，何况又加上一种自觉，一种悔恨，明白他自己曾经间接地参加过阿尼西的罪恶呢？这样一来，尼其泰对于阿尼西便由爱而变到深恶痛恨了。他把彼得前妻的十六岁的女儿，又聋又笨的阿库林作为情妇，而强迫阿尼西来服伺他们。阿尼西有力量来反抗她的前夫彼得，然而对于她所爱的尼其泰，她便无力反抗了；她爱他，这爱情就使她变成弱者，而甘愿屈服于他。"我一看见他，我的心就软了。我没有勇气反对他了。”

老阿奇姆因为家里的马死了，要另外买一匹马，便跑来向他的新近发了财的儿子要一点钱。他很快地便明白他儿子沉在罪恶的沼泽里。他要救他，他要使他觉悟过来，他要唤起他的好心。然而他的努力毫无用处。

阿奇姆不能留在罪恶丛中。他离开了尼其泰，甚至于他先前向尼其泰要来购买一匹马的钱也退还了。

> 阿奇姆：罪孽是互相连结的，做了一个，便要做第二个。尼其泰，你是被罪孽缠住了。我明白你是被罪孽缠住了。你被罪恶缠得非常之紧。我听说现在他们连父亲的胡子也要拔了，——然而这只是向着毁灭的路上走的……你的钱在这里。我要去乞食，不愿拿你的钱。……让我去。我决不留在这里！我宁可在篱边过夜，也不愿意留在你的污秽丛中。

阿奇姆之为人及其性格在下面一段对话中被托尔斯太表现得非常活灵活现。

> 密特里：比方你有钱，我的田地正荒芜着。春天，而我没有种子，或者我没有钱完纳粮税，我便跑到你这

里来，说：“阿奇姆，请借十个卢布给我。我等到秋天收获的时候，还给你，另外还加上十分之一的利息。”比方，你看见我还有一匹马或者一头牛，可以被榨取，你便说：“我要两三个卢布做利息。”绳子已经套在我颈项上了，没有它，我是不能够进行的。我说：“很好，我愿借这十个卢布。”到了秋天，我卖出了一点东西，把钱还给你，你另外榨取了我三个卢布。

阿奇姆：然而这是一件不公道的事。一个人要是忘记了上帝，是不行的。

密特里：等一会儿，且等我说完。你把我的钱榨取了。比方阿尼西也有钱放着不用。她没有存放的地方，而且因为是一个女人，又不知道拿钱来做什么事。所以她便跑来找你：“我能够用我的钱生点利吗？”你便回答道：“是，你能够的。”那么我便等着。第二年夏天我又来找你，我说：“再借给我十个卢布，我还要付利息的。”你便注意着，看我的皮剥下来没有，还可不可以在我身上弄出一点钱，如果我还可以被榨取的话，你便把阿尼西的钱借给我，然而要是我连饭也没有吃的了，你晓得我是无法被你榨取了，你便说：“兄弟，愿上帝与你同在！”你便去另找一个可以被你榨取的人，把阿尼西的钱借给他。如今银行做的事情便是这样。它就是这样维持下去的。朋友，这真是一件非常聪明的事。

阿奇姆：这算做什么？这是龌龊的行为。如果一个农人做了这样的事，农人们便会把这当做一件罪孽。这是不合天理的，这是不合天理的。这是坏事。有学问的人怎么能够做出……据我看来，没有钱固然有苦恼，然而有了钱苦恼更增加一倍。上帝叫人做工。然而你却把钱放在银行里，自己舒舒服服地躺下来睡着，让钱来养活你。这是坏事，——不合天理的。

密特里：不合天理吗？朋友，如今的人是不管什么天理不天理的。他们只想着怎样才能够抢别人的钱。

当阿库林有孕的事还不显著的时候，她和尼其泰的关系也不曾被邻人们知道。然而到后来她生下孩子来了。这时候阿尼西便又回复到了主人的地位，而阿库林却由主人的地位变成奴隶了，她对于阿库林的憎恨，她的被蹂躏了的对于尼其泰的爱情，以及对尼其泰的母亲（马德邻）的恶念联合在一起，便使得她变成了一个恶妇。阿库林被赶进仓里躲起来，因为那一天媒人正到尼其泰家来看人。她的婚事就由她继母和马德邻定夺了。外面客人正在饮酒的时候，她一个人被关在仓里。她“不愿嫁人”，然而别人却把她嫁了。不仅是这样，她的小孩子，她和尼其泰的私生子，她也不能够留着养育，竟被人生生地拖了去，去活埋了。

阿库林在仓里生了孩子，而马德邻和阿尼西却骗尼其泰说这小孩已经死了，而且强迫他去埋在地窖里。尼其泰最初是不愿意的。

尼其泰：你们真缠死我了。我要走。你们要怎样做，你们去做好了。

阿尼西：〔自门内出〕他挖好了坑吗？

马德邻：他不愿意呢。

阿尼西：〔大怒奔出〕不愿意！坐在监牢里喂虱子愿意吗？ 我立刻就到警察那里去说。要失败就失败，就一块儿失败。我全都说出来。

尼其泰：〔战栗〕你说什么？

阿尼西：什么？全部说出来？谁拿的钱？你！谁下的毒？我！可是你早也晓得，晓得，是和你商量好了的……

果然“罪孽是互相连结的，做了一个，便要做第二个”，尼其泰到底不得不答应去埋小孩了。他接过小孩预备埋葬的时候，他才明白小孩“还活着，还在动”。他“怎么能够下这个毒手呢”？

然而阿尼西能够，她“从他的手里夺下小孩，抛进地窖里去”，还说：“赶快埋好了，就不活了。”

不过要把一个活着的小孩生生地活埋，究竟是一件可怕的事，何况这小孩又是自己的孩子呢。这个可怕的打击使得尼其泰的神经昏乱了。在暂时的疯狂之中他用木板盖着小孩，自己坐在板上，口里还在说：“还活着！我不能！……他还哭着。”其实小孩已经被他压成肉饼了。

迷信，恐怖以及良心之悔恨，使得尼其泰陷于疯狂的状态中，他的神经受了很大的刺激，被他压死的孩子的哭声好像时时长留在耳边。在这种心理状态中，他只有两条路可走：一是继续着从前的罪恶生活以至于灭亡；一是忏悔过去的罪孽而改营新生活。尼其泰走了后面的一条路。所以第五幕就开始了。

这最后一幕是描写阿库林的婚礼。所有相识的农人都到了场，而家主尼其泰却躲开了。他跑到稻草院内，躲在草堆上。他想自己勒死，但没有实行，最后决定去当众忏悔自己的恶孽。

尼其泰：父亲，听我说！阿库林请你看着我！我对你犯了罪了：我不允许娶你为妻，我引诱了你。我欺骗了你，我又抛弃了你；为了基督的缘故，饶恕我罢！

马德邻：呵，他着了魔。他怎样了？有魔鬼附着他的身。起来，不要胡说了。

尼其泰：……〔向阿库林〕我杀了你的父亲，我这条狗又玷污了他女儿。我有力量压制她，我又杀了她的孩子……〔向父〕亲爱的父亲！请你饶恕我这一个罪人！当我开始放荡的时候，你对我说："鸟爪一旦被人擒着，全个鸟便逃不掉了。"然而我这条狗并不注意你的话，一切的事如今果然照你的话实现了。为了基督的缘故，请饶恕我。

这果然是上帝的感化，上帝的启示么？不，绝对不是，尼其泰的觉悟忏悔，乃是他杀了小孩以后所必选择的两条路之一。

尼其泰觉悟了，忏悔了。然而他也就被捕了。他的结局吗？不消说是西伯利亚的惩役。我想他的结局大概和《罪与罚》里的拉斯可尼科夫，《加拉玛左夫弟兄》里的狄米特里二人差不多。（二书均杜斯朵夫斯基所作。）他的情人阿库林会像《罪与罚》里的松尼亚，《加拉玛左夫弟兄》里的格鲁秦加那样，跟着他跑到西伯利亚去。靠了她的力量，他是会终于被得救的。据我看来，阿库林很有做松尼亚和格鲁秦加之可能。而且从最后一场看来，阿库林已经"护"过尼其泰，又"走过来和他站在一起"要求和他共享苦难了，在这一点我们可以看出俄国文学的特点，也可以认识俄国女性之伟大的力量。

总之《黑暗之势力》是贫穷、愚昧、迷信之一幅真实的、可怕的绘图。正如高德曼所说：“要写出这样的一部著作，单单做一个创造的艺术家是不够的，还需要一个具有深切的同情的人。”而托尔斯太兼此二者。所以他的第一部剧本便是杰作。他是深能了解俄国农民的。他明白农民的生活中之悲剧并不是由于他们自己的坏处，这实实在在是从那个支配了农民之一生的黑暗之势力而生出来的。这种黑暗之势力压着农民，使他们一生一世抬不起头来，使他们永远陷于污泥之中，使他们永远过着猪狗般的生活。

谁读了本剧所描写的农民生活之惨状能不为他们流一滴同情之泪？能不怜悯这些可怜的生物？而事实上养活我们的，正是这般人，靠了他们我们才得生活至今。所以读了本剧的人一定要对现社会制度表示反抗，一定要主张铲除这种黑暗之势力。本剧的使命是在每个人的心中激起正义之感情。因此本剧并不能说是“一部宗教的戏剧”，而是一部描写社会黑暗之革命的剧本，也许著者的本意并不是这样，然而这本戏剧所给予读者的印象确是如此。

《工女马得兰》之考察[①]

一

记得有一本法文《米尔波评传》说过《工女马得兰》是一本描写思想的剧本（Piece d'idée）而不是描写性格的剧本（Piece de caractére），他这句话自然有道理，但《工女马得兰》一剧也未能以Piece d'idée来概括。《工女马得兰》就在描写性格一方面也是一

① 本篇最初发表于一九二九年二月二十五日《自由月刊》第一卷第二期，署名芾甘。

本杰作。

《工女马得兰》是现代的剧本，比较霍普特曼的《织工》，比较高斯华绥的《争斗》都更为现代。而像一线火花那样贯穿着全书的理想也更是现代的理想。

这剧本产生的地点是近代工团主义的发源地的法国，而产生的时代又是工团主义的兴盛时期。剧本上演的那一年正是杜鲁斯会议议决将“怠工”，正式采用为法国劳动总同盟的行动方法的时候。至于罢工，则早已采用了。工团主义兴盛的时期也就是劳资冲突厉害的时期，生在近代资本主义国家的米尔波看见了这种情形，便忠实地用他的一管妙笔把这如火如荼的斗争写了下来，成就了这个剧本。而米尔波之所以能捉住他的时代，使《工女马得兰》成为一篇不朽的名剧，这不仅是因为他能做到艺术的忠实，而且更因为他自己是一个安那其主义者，书中主人翁让·罗路的理想便是他的理想。要捉住时代，冷静的观察是不行的，必须自己生活于其中，与同时代的人分享甘苦，共同奋斗，才能够体验出他们的苦痛，明白他们的要求。米尔波因为自己苦着书中人之所苦，具着书中人所具之希望，所以他写出的作品才不是空想的，写出的人物才不是虚构的。他能活画出近代各种人的性格来。

还有两件事实对于本剧之作成也有很大的影响，就是：一八九六年西班牙巴塞罗那地方的宗教的游行之遇炸，和一八九七年暗杀西班牙首相的安觉利罗（Angiolielo）之受绞刑。这两件事和罗路有大的关系。前一次事件发生后立刻有三百多人被捕，大部分是社会主义者和职工组合会员，其中也有些安那其主义者，罗路便是一个。这些人被捕后在最可怕的牢狱里受种种残酷的刑罚，死在狱中的很不少。安觉利罗后来知道了这个消息，便从英国到西班牙，刺死了这事件的负责人西班牙首相。于是这个可爱的孩子安觉利罗也受了可怕的绞刑。他的尸体曝在烈日下，过往的行人指着他说："那是罪人——残酷的凶手。"所以在《工女马得兰》第一幕第九场里（中译本五五页）让·罗路对马得兰说："被牵连在一件安那其主义者的谋乱事件里，我无理由地被捕，无证据地受判，整整在巴塞罗那地牢里憔悴了两年，出狱时刚刚看见我的好友波那（Bernal Diaz），那个有英雄心的孩子，在一群醉心渴血的群众中受了绞刑。"波那当然就是安觉利罗。

真正的让·罗路是谁，我也不曾确实地知道，也用不着在这里指出来。然而我新从马得兰的国土归来，我确实见过了不少的让·罗路，也见过了不少的马得兰，虽然他们现在还未享受到那两人的光荣的命运，但我相信他们若处在那两人的环境，他们的所为也不会和那两人不同。这一点我便感到米尔波的艺术的真实，所以我说他在描写性格方面也是成功的。

若有人因为《工女马得兰》是三十年前的作品便说它的时

代过去了，那么我要指出他的错误。绝好的证据便是我的几个在让·罗路们做工的那种工厂里做过工的朋友们所告诉我的话，他们在工厂里的生活过得和让·罗路们差不多。

让·罗路所攻击的“坏牧人”，也正是米尔波所深恨痛绝的，本书原名就是《坏牧人》，这足以看见米尔波之着重点。米尔波又在一篇短文里尽力讥笑这类的人。米尔波如今已死了。可是“坏牧人”还有不少咧，大名鼎鼎的法国外交总长白里安也就是一个“坏牧人”，还有做过法国总统的米勒兰。……这样的人中国恐怕也有罢。

二

描写无产阶级的生活之困苦，还不是本剧的唯一长处，由为在《织工》里，在《争斗》里，工人的困苦生活也同样可怕地显露在我们的眼前。而且在这一点上米尔波的描写倒比左拉在他的小说《萌芽》中所描写的差得远了。左拉的描写是何等有力，何等可怕!

我以为本剧的特点在于能忠实地描写出：一，资产阶级的自由主义；二，资产阶级的慈悲心；三，感情与理智之冲突；四，资本家的心理。最后还有最重要的一点就是爱情的力量。

资产阶级的自由主义确实是骗人的东西，所以托尔斯太要痛骂它，所以易卜生要痛骂它。米尔波在本剧里对于它的攻击也是很厉害的，不过米尔波用的武器不是热骂而是冷嘲，这冷嘲也许比热骂更要难受。你且听像都卢得“这样的自由党人”的言语：

都：……这里的情形总算好极了！工人们有什么可抱怨的？他们幸福到万分了。……他们有了一切，——很好的工钱，很好的住处，很大的保险费，还有工会。

再听下去：

豆：富人们又能给穷人们作出一切社会美德的榜样。

都：这不是一句可以当做我们的一切组织的铭言的话么？……

都：我常常做这样一个美丽的“梦”。我只愿有一块小田带一间很小的房子，一头很小的牛，一匹很小的马，再要两千法郎……然后我耕田自食。做个穷人，是多么快活！……但是做这么一个快乐正直康健的穷人就连梦想也想不到的。……因为我有了太多的旅馆、房屋、树林、猎场、朋友、奴仆了。我是被这一条财富的铁链绊住了。

工人们在府邸外面游行示威，叫起“打倒喇尔江”，“罢工万岁”了。都卢得吓着要走了。“他的帽子显而易见地在桌子上。”然而他却叫：“我的帽子呢？”多么慌张！走了，他的临别赠言是：“我从此讨厌了自由主义。”

假面具揭穿了。无怪乎喇尔江要骂：“唉！可怜的鬼子们！”

再说资产阶级的慈悲心。这可用热勒维耶来代表。《开明月刊》第三号蛰虫君的《对于〈工女马得兰〉之批评》中曾有“戴了假面的虹样慈善心肠的热勒维耶”的话，我是不赞同的。资产阶级的慈悲心固然常常是假的，但也不尽然。热勒维耶并不是知道戴假面的人，她正如她的哥哥罗伯所说“不是一个坏人。只是不知道有爱情”。……“因为应当施给人的不仅是金钱，还应当给信用，应当给希望，更应当给爱情。”然而热勒维耶恰和其他许多有慈悲心的资产阶级一样，“所能做的”只是给穷人以“金钱”，而“不给信用，给希望，给爱情”。她（和他们）不了解穷人，她（和他们）在“安乐的生活里”是不能懂得“穷人们的苦痛”，“因为离他们太远”，“彼此的心隔离得太远”，所以她（和他们）不能了解他们，只觉得他们“都使我害怕，他们都是坏人”。“我对人人都不错，每人我都给了东西，他们反怨恨我。”这样一来，她（和他们）的好意反而变成怨恨。资产阶级的慈悲心之结果大抵如是，这是无益而有害的。真正觉醒了的资产阶级只有一条路可走，这是米尔波指示于我们的：做罗伯去。

罗：我自己造出一个脱离了我的阶级的偏见的生活。财产所献与我的青春的一切利益、一切特权，我都不肯接受。我是和你一样的一个工人，我靠着我自己的劳力所得的生活。

罗：我除了为人们谋幸福之外无其他野心。为它我已牺牲了财产，牺牲了青春。

这样还不够。“我也还要牺牲我的生命”，结果他果然为救工人的生命而牺牲。这牺牲是极有意义的。而蛰虫君在他的批评里却说道：“伤心的罗伯饮弹比个无名工人的牺牲还低售了他的价值。”我以为他不懂得米尔波，而且也不懂得马得兰在本剧末尾所说的：“这孩子不再是他的了。他是属于我们的”这一段话了。

再说到感情与理智之冲突，这是用罗伯与他的父亲喇尔江的关系表现出来的。他们父子间思想上冲突到了极点，甚至“彼此相谈相看，不是像父亲和儿子却是像仇敌和仇敌”。然而在感情上彼此仍是相爱。

罗：我爱你，……我爱你。

喇：是的，如果我们彼此不爱了罢，我可怜的孩子，〔略停〕我们还会这样难受么？

第三幕第二场父子间的争辩，写得何等有力！结果：

罗：〔努力〕你有道理！我们的思想越离越远了。这是一件太……太苦痛的事！……我去了。

喇：〔略停一刻，然后用责备的声音说〕实在！你可以走了。

后来第六场：

喇：〔狂怒地在房里大步走着，突然向罗〕还有你我也撵。我愿意不再看见你！……我愿意永不再看见你。滚！……滚！

罗：啊！父亲！这是你自己要这样做的。

最后罗伯被他的父亲请来的军队的枪弹打死了。而喇尔江呢！

喇：你们这些哭着的人，听我说，你们这些失了儿子的母亲，你们这些寡妇，听我说，我把我的财产全部给你们，我也把我的生命给你们。但是告诉我！给我说，我的儿子在哪里？……玛利亚娜，你看见我的儿子吗？ 告诉我。……唉，一点也不怜悯我！一点也不怜悯我！……

喇：〔呜咽着，任人牵引像一个小孩子一般〕我的儿，我的儿！

第四，说到描写资本家的心理，下面的一段话真是非常深刻的描写了：

喇：在我的生活里并无他种激情，只有工作。……这并不是为金钱，也不是为财富或奢侈，乃是为这工作所给我的高尚而强烈的快乐，而且为了近几年来它占住了我的心，使我忘记别的事。我可以替我自己说一句公道话，我的社会的任务，我的巨大工作之任务，会比较那些含糊的学说、无益的允许、不能实现的梦想更有利于人。靠了我所生产的一切物品，我纵然不曾使得小民们变成富翁，至少我也大大地增加了他们的幸福，减轻了他们的困苦。……

自大的资本家的心理却是这样。他们并不是吃人的魔王，他们只是自大的自利主义者。他们以为靠了他们，工人们才能够生活下去，而事实却正相反。什么“增加幸福”什么“减轻困苦”都是些梦话。受了梦话的骗，本来“不是坏人”的资本家却变成吃人的魔王了。他们为满足自己的激情，为求得那种强烈的快乐而工作，在他们以为是正直的行为。不错，这是正直的，然而如果他们一旦把眼睛睁开一点，看见这工作是一个杀人的工作，他们自己能不惊心动魄？

三

描写爱情的力量之伟大，也是本书的特点之一。自然这样的描写在别的书上也是常见的，不过米尔波把它穿插在这样可怕的生死的劳资大斗争里，读起来更觉动人，更觉有力了。

我在许多地方发现米尔波的《工女马得兰》是从左拉的小说《萌芽》中脱胎出来的（这理由当在《〈萌芽〉之考察》一文中

详说）。他的马得兰就是《萌芽》里的马二家的（La maheude）而且也就是她的女儿加塞林，虽然她们母女的性格在表面上是多少不同。《萌芽》里的马二家的，也和马得兰一样，在罢工失败，工人被屠杀，她的丈夫饮弹后，她依然保持着对于正义之信仰，当爱及安（《萌芽》里的让·罗路）和她告别时，她紧紧地握着他的手。“在这一次最后的握手中，他依然明白这是同志般的握手，一次长久的默默的紧握，这给他约定在将来再动手的日子里的会期。他完全懂得。在她的眼睛的深处还保留着平静的确信。”而那时候呢，许多的男子已经屈服了。同样在《工女马得兰》里马得兰也是一个最后还保持着对于正义之信仰的人。

《萌芽》里虽写了几个可爱的女人，然而左拉在这书里写爱情恰和他在其他十九卷“鲁公马加尔丛书”中差不多，不是写得叫人流泪，便是叫人打寒噤。你看他写爱及安与加塞林之爱，与鲁格女儿之爱，与马二家的之爱（虽然马二家的的年龄较爱及安大得多，而且他们俩从没有表示过爱情，然而我们读者是明白的。你看爱及安和马二家的告别时，她最后不是慢声地说 “你不记得别人说我陪你睡过觉。天呀！在我的丈夫死过后，只要我是年轻一点，这倒是很可以做出来的，是不是”吗）写得何等可怕，可哀，和米尔波写马得兰和让·罗路之爱比较起来，未免差得太远了。左拉是一个以人生为实验室的冷静的解剖者（但写《四福音》时的左拉就不同了），而米尔波是一个热情的安那其主义者，他生活于人群中，同感他们的苦乐，所以他写工人间的爱更能有声有色，他的描写乃是一副鼓舞人们的勇气和热情的兴奋剂。让·罗路、马得兰两人几次的对话是何等地真诚，何等地美丽。

让：马得兰，不错，我在梦想，我在梦想着一些事业，也许一些大事业。……然而如果我再会有行动的热狂和战斗的欲望，这便是为着你，由着你，同着你。

马：为着我？……同着我？我不过是一个多愁多病的可怜的女子，……我并不美丽。

让：不美丽？啊！马得兰，你没有富家女子的傲慢的美，那是用我们的皮肉和饥饿造出来的……你有我所爱的美，充满了受苦之美，我跪在你的面前。你的可怜的面孔，已经憔悴了，……你的两肩，已经弯曲了，……你的手，你的无血色的小手，……指头已经被工作磨坏了……你的眼睛，啊，你的眼睛已经因了无数的悲哀和眼泪而变红了，……你不知道它们拿了何等神圣而有力的爱情胀满了我的心。……它们还重燃起了我的恨。……不美丽！因为你还不曾有过青春，……因为你永远总是有着太多的困苦！你好比一株永没有见着阳光的可怜的小植物。……然而阳光，如果我给你带来呢？……然而青春，如果我给你拿回来呢？ ……然而困苦，如果我用我的全量的温柔，把它从你的脸上心上揩掉呢？

马：不要说这个，……不要说这个，……你使得我哭了。

让：还有你的灵魂。你以为我在所有别的灵魂中不曾认出你的纯洁的牺牲的，平静温柔的英勇气概的灵魂！……不错，我有一件报复与正义之工作要来完成，然而为了这个，须得要一个像你这样的伴侣，有你的这样的刚勇的灵魂的妇人。

马：不要给我说这个，我请求你！我没有勇气。你知道我只会哭。

让：因为只有你一个人孤独来对付这些可怕的事。如果两个人由爱情结合起来，便什么都不怕了，连死也不怕了。

几个月以后：

让：啊！马得兰！……你的心是何等样的心！我在你的面前觉得自己是何等地渺小了。

马：不要这样说！……然而如果没有你我还会成为什么？你不记得我从前是何等地病弱而胆怯，我的灵魂里是何等地黑暗吗？你来了，我内部一切的黑暗地方，都亮起来了。我的至爱，靠了你的光明，靠了你的光明才造成今天的我。

让：今天！马得兰，今天正是你在扶持着我。当我的勇气在动摇的时候，你便坚定了它；当我灰心消极的时候，你又不停地给我造出新的力量和信仰来。在你的眼里，在你的眼睛深处，我看见了未来的星光闪耀着，而伟大的解放之黎明到底也升了起来。我早已在你的眼泪里猜出，而且看到这一切了。

还有：

让：马得兰！马得兰！我要忍受所能发生的一切！不管还有什么苦难，什么背叛，什么痛楚在等着我，我，也不再抱怨了，因为我既然有一天在我的困苦的路上得着了你的爱情之伟大而高尚的快乐。啊！你的眼睛，我从那里得到了神圣的力量。啊！你的嘴唇，我从那里饮到了奇迹之琼浆。

最后在第四幕第三场，马得兰的一篇演说救了让·罗路的生命，挽回了他的已失的信仰，鼓舞起了群众的勇气，把已怀二心的群众重新团结起来，使他们甘心去为争正义而作壮烈的牺牲，在经过了这样的事实之后：

让：你看，如今是我哭了，是我在你的怀里哭了！……我是你的小孩子。

马：我爱你，我的让！

让：这是狼群，你使得他们变成了绵羊，……这是懦夫，你使得他们变成了英雄！……你的力量是何等地大！

马：我爱你！……

让：他们要杀我，……你把我从死里救出来。……

马：我爱你！……

让：马得兰！你是有高贵的心灵的女人，你是天地间所生的精华中的一个，从前在辽远的时代里，常有这样的人从民众中间产生出来，以唤起已死的勇气，立起已失的信仰！……你便是这一个。……

马：〔紧抱着让，用她的口盖着他的唇〕这一个爱你的人，让，此外便不再是什么了！

这样的爱情写得何等地真挚，何等地细腻。在写过了前场躁动的、骚乱的、热狂的、盲目的群众心理之后，又来写这静的、细腻的、充满了刻骨的感激的爱情之话语。读者的紧张的心情至此便宽松了许多，然而同时又有了一个微细的感觉深入读者的心里，这是苦是乐，是酸是甜？我分别不出。“我爱你”三个字和前场的一篇演说有同样伟大的力量，前场里口如悬河的马得兰这时候只能说出这三个字了。在这一点我觉得左拉的《萌芽》写爱情没有这样的美丽，便是“鲁公马加尔丛书”最后一卷《巴斯加尔医生》里那一段最富诗意的最美丽的巴医生叔侄之爱的描写里，克罗蒂的几段美丽的话，也不及马得兰的三个字来得有力。米尔波的《工女马得兰》虽然脱胎于左拉的《萌芽》（这是我个人的见解），但在这一点米尔波却是“青出于蓝”了。

四

《工女马得兰》译成中文后，并不是不曾引起国人的注意的。“马得兰万岁”、“小母亲”、“人类的母亲”等等呼声也可以常常听到。

然而我要说马得兰并不是一个稀有的女性，她不是某一个女人。她是全个革命的女性，受苦的女性之象征、之代表。或者再说得宽一点，她是全体女性之代表。我说所有的女子若生来就处在马得兰的环境里，则都可以成为马得兰。左拉的许多小说里的女主人公，俄国文学的女主人公大部分都和马得兰差不多，《罪与罚》里的松尼亚不是被西伯利亚囚人称为小母亲么？《萌芽》里的马二家的、加塞林、穆格女儿这些女人不是都可以做马得兰吗？从我在《俄罗斯十女杰·序言》内所引证的许多事实看来，俄国女子不是都可以做马得兰么？

似乎左拉在《劳动》里曾说过只要女人还受着苦，世界便不能被救。（但我读《劳动》，是在马赛一家滨海的旅馆的五层高楼上四个晚间临睡前的时光中读完的，现在书又被我友君毅借去了，所以左拉的原语究竟是否如此，我就难担保了。）我要再补充一句：世界只有靠着女人，才能被救，换句话说世界只有由马得兰来救。马得兰并没有死，而且永不会死，我看见过她，我在到处都见过她，那么，这世界是终于会得救的了。

岳煐在《工女马得兰·译本序》里说马得兰的最后两句话"暗示新思想新运动目下虽然失败，但种子却留下了"，我觉得这意思还不大明了。"我的儿子没有死！……让的儿子没有死！"这不是暗示，这是事实，这是不可否认的事实。谁能说你们不看见马得兰的儿子？难道我们自己不就是马得兰的儿子？马得兰的儿子不但"没有死"，而且永不会死，只要世界不毁坏，人类不灭亡，马得兰的儿子也不会死的，而马得兰也不会死的。

《党人魂》之考察[①]

虽然百星大戏院的广告上所说“上海十万人看过，十万人赞美的世界第一革命爱情片，慷慨激昂哀感顽艳之大名剧”等语不见得就可靠，然而我们不能不承认《党人魂》影片是受着上海居民的热烈的欢迎。我因为某种关系在两月之间也曾看了此片三次。每次我的耳朵都几乎被拍手声震聋了，虽然我自己没有拍过掌，但我也不是完全没有被感动的。我的朋友中看过此片的差不多个个赞好。在这种情形之下我们就不得不对于这个轰动上海的名片加以一番考察了。

---

① 本篇最初发表于一九二九年三月二十五日《自由月刊》第一卷第三期，发表时题为《〈党人魂〉及〈火榴〉之考察》，署名芾甘。

在考察之先，且把本片的情节简略地说一说，所以我便把本片的说明书要约如下：

广阔的俄罗斯国土里浩浩荡荡的伏尔加河边，数十个铁臂苦心的劳动者背着磨筋折骨的纤绳，引着那重载如山的货船溯着那澎湃汹涌的潮流前进，他们在艰难痛苦、人类所不能忍受的环境之中，唱那悲壮的“伏尔加的《船夫曲》”。

离他们不远，在伏尔加的岸边，一座亲王的府第，高踞在山岩之上，俯瞰着一片鞑靼游民的村落，富贵和贫贱，很分明地显出高低。村落里许多未开化的人民中，有风流跌宕的浪女麦立许，有健壮哑口的铁匠史蒂芬。史蒂芬的铁臂，虽可以得麦立许的钦佩，并被她利用做保护她盗窃物品的利器，然终不能得她的爱情。同时府第中的青年王子狄密德里和美丽的公主维娜，正坐在簇新的汽车里面，讨论订婚的问题，他们遵着普通的习惯，请鞑靼的浪女卜课，浪女得到王子的贿赂，当然讲许多好话帮助他成功。卜课完，两位皇族正预备回府，看见纵横颠倒卧在地上休息的拉纤人，好奇的公主，走过去看一看，巧遇着那壮美的青年船夫费达正在饮水，忽然大有感触，虽然贵贱相悬，心里却未免有情。倒是费达心中有事，漠然无动。在他们谈话的时候，王子来了，费达无心把一瓢水泼在王子的脚上。王子搭起贵族的架子命令费达擦干。费达虽然勉强服从他的命令，但他仗着他平民的血性未免说了几句顶撞的话。王子登时大怒，用马鞭力鞭他的双颊。维娜公主于心不忍，竭力把王子拉开，同回府第。

夜阑人静，广境中火堆的四周围坐着许多鸠形鹄面的劳动者。当中立着费达，在演说俄国政府怎样地腐败，贵族怎样地鱼肉平民，听者莫不动容。鞑靼的浪女对他表示爱情。费达因身许俄国，将她拒绝，浪女以为他爱上维娜公主，十分怨恨。天色微明，伏尔加的船夫又动身走他们的长路了。

同时在府第里面，维娜公主和狄密德里正式订婚。

革命发动，狄密德里王子被征从军。数月之中，革命军声势大振，占了俄国的大半。费达也做了革命军的首领。他因府第中的仆人，被维娜公主的父亲禁止不能出来投军，遂带了他们的党人去质问。

府第中的老王性格倔强，不肯降服。党人即据府第，自由行动，并命老王与公主设宴行酒。公主不肯喝庆祝革命的酒，反完全泼在费达的靴上。费达学王子的故智，命她擦干。她只得服从，但她的老仆义愤填胸，开枪想暗杀费达，不料被费达的同志看见，站起来用身体遮着费达。老仆竟开枪把他打死，党人大怒，鞑靼浪女乘机提议将公主枪毙偿命，众皆赞成。由费达单独行刑，费达允许党人都出室，约五分钟为限，让费达行刑。

费达独对着美丽的公主，再四迁延，五分钟已过，始终无开枪杀她的勇气，反而觉察他自己的内心十分地爱她，同时并绝端地佩服她不怕死的勇气。但是外面党人时时催逼，无路可逃，只得令她躺在地上把红葡萄酒倒在她的胸前，假作伤痕，然后开放空枪。党人进房，以为公主已死，不料鞑靼浪女竟看出破绽，报告众人。费达见众人大怒，只得和公主亡命奔逃，幸而府第的仆人曾预备马车，因此他们能安然出险，逃到一个小旅店里休息。费达因免人盘查起见，只得承认维娜是他的妻室。

是晚狄密德里王子所统辖的王军占据了那所旅店，费达和维娜被擒，维娜自承是皇族。但王军的军官不信，并把她带到酒排间百般侮辱，后来王子知道被辱的是他的未婚妻，大发雷霆。命令在明天开皇家跳舞会的时候将费达枪毙。

次晚伏尔加河边的一座小城里皇家跳舞会开幕，并要同时枪毙革命军领袖费达。行刑时候到了，维娜从跳舞会出来看见费达将死，竟跑过去用身体遮着他，愿意和他同命。狄密德里正要命令开枪的时候，忽听见轰然一声党人已经袭占了小城。囚人的反被人囚。狄密德里及其他贵族，都立在阶下，受费达的审判。费达解开衣服，露出胸前背纤的伤痕，判贵族男子拉纤溯伏尔加河到革命裁判委员会。麦立许又出狡计提议命皇族妇女一同拉纤。费达见无可挽回，只得宣布自己愿与维娜同拉。于是珠履银舄的贵族只得像牛马一般去拉那磨筋折骨的纤绳。

革命裁判委员会中，有两个犯人，一个是千娇百媚的维娜公主，一个是英武不屈的狄密德里王子。革命的领袖费达，再用他恳切动人的辞锋，请求裁判委员念他为国尽忠赦他们二人。因为他爱维娜，狄密德里也爱他所爱的人。

委员会的决议，允许费达的请求。入党或出境，任他们选择一种。维娜愿意与费达共生死，帮助他建设新俄国。狄密德里愿意出境。堂上允许。维娜和费达齐声同唱他们的努力歌：

我们的工作是什么？

努力，奋斗，希望，牺牲！

往前进，向着那光明，

二人同心。

在结构方面。我觉得这影片是成功的，可以当得“谨严”两字的评语。而且借一段三角恋爱的故事来表现革命的斗争，在技巧上确是非常巧妙。情节的穿插也很适当，这是读者可以从上面所录的说明书中看出来的。

虽然在本片的开始，字幕上便声明并非宣传，其实凡看过本片的人，谁也不能否认本片带着很浓的宣传色彩。它确实是一部带着极强的煽动性的影片，有许多的地方很有震撼观众的力量，而且有人根据原片及说明书写了一部中文小说。

美国人很难懂得俄国，很难懂得革命，所以才制出这种宣传影片，中国人居然也蹈了美国人的覆辙，所以才有人根据此片来写宣传小说（据说这影片是根据一本意大利小说改编的）。其实我们如果把多年来的俄国革命运动史研究一下，便可指出本片的一大缺点，就是：不曾做到艺术上的忠实。

本片的编者要想捉住时代，然而结果时代却从他的手中飞去了。因为他根本就不明白他所要捉住的时代是什么。试问从此片里我们能看出我们是在一九一七年么？不，不能。从本片里我们可以看出Conspiracy[①]式的起义，中国式的造反；我们可以看出革命的“钦差”乘着船到处去发“令箭”式的首领标号；我们可以看出一群乱民去抢劫王公的府第；我们可以看出英雄美人的事迹，什么英勇不屈的王子，什么千娇百媚的公主，什么壮美勇健的革命领袖，什么风流跌宕的浪女；我们可以看出为了女人而卖同志卖党，后来又为女人而请求饶恕王军司令官的革命首领；我们可以看出滑稽的革命裁判委员会与其滑稽的判决。我们是在一九一七年吗？不，也许还要早一百年罢。

在《党人魂》里支持了几年的欧战之影响（俄国革命是离不掉这影响的）一点没有看到；要求“面包与和平”的呼声一点也没有听到；“工厂归工人，土地归农人，全权归苏维埃”的口号一点也没有听到；二月的共和革命一点也没有见到；城市无产阶

① Conspiracy：（英语）密谋叛乱的意思。

级占领工厂及商店，农民没收土地的事实一点也没有见到。总之民众的自发的大运动一点也没有见到。在《党人魂》的俄国革命里，当时遍于全俄的工人委员会，农民委员会及地方苏维埃，在染受革命潮流极快的伏尔加流域中是完全没有用的，而必定要一个青年船夫做革命领袖，率领起一群鞑靼人像一七八九年巴黎民众攻击巴斯底狱一样去攻击一个无抵抗的崩坏的王公的爵邸。到了里面便大开娱乐会，大吃大喝，而且事事由鞑靼浪女出主意，革命民众又尽是些饭桶，所以他们的副领袖（因为他也有标号）可以任人枪杀，他们的领袖可以任意骗他们。而他们还是吃，喝，玩。一七八九年攻下巴斯底狱的巴黎市民是如是的吗？ 从这一点看来，《党人魂》影片的编者不但不能了解革命民众的心理，不但不懂得俄国民族性，而且还厚诬了俄国民众。所以《党人魂》后半部表演俄国革命之成功，在一般人看来，虽然是如何替俄国革命党宣传，而事实上的确是在描写革命党人的丑态。革命军胜利后浪女麦立许和铁匠史蒂芬，一个穿上王妃公主的服饰，一个打扮成贵族的样子演出种种的丑态，这种景象，只有令人肉麻。又如最后革命裁判委员会开庭审判狄密德里与维娜公主时的情形，法庭的布置已经奇怪了。而更奇怪的是费达向法庭请求释放维娜公主，理由是“因为我爱她”，并且还请求释放狄密德里，理由是“因为他也爱她”。他的要求居然被允许了。（这是当然的事，不然怎么能够以大团圆来收场，怎么能够使那般以革命首领与美人为毕生的二大愿的人满意？）然而世间果然有这样的事么？我想如果革命两字的真意义还有人懂得，这样滑稽的革命党是不会有的。然而《党人魂》里却有了，所以《党人魂》完全没有做到艺术的忠实。

而尤为荒谬的是编者连俄国革命之进程也完全不懂得，二月革命这一事实就被他一笔勾销，所以那时候就有“党军”了。

然而我也不能够把本片的好处轻易埋没。本片前半部写革命前夕的情形，确实有很大的价值，船夫拉纤一段，费达与王子对话一段，费达足踏维娜公主的手套一段，革命党人秘密会议中费达演说一段，都是非常有力的。还有费达的同志遇害一段，费达预备执行维娜的死刑一段，以及后来维娜被王军军官调笑侮辱一段，狄密德里要在皇家跳舞会场前面枪决费达一段，演来都非常精彩。最使我感动的便是费达用足把维娜落在地上的手套用力地踏着的情景，说不出的无穷的哀怨和憎恨都从这简单的动作表现出来了。还有费达演说时，几个男女“工人”的面部表情也使我非常感动，这不仅表示出多年的哀怨和憎恨，而且还燃着未来的黄金般的希望，只看了这些脸，我们便知道有什么暴风雨要来了。

原片字幕是非常好，译文也能做到短劲而有力，如“我们船夫也有一条宝绶”，“现在我们流血，但不久别人的血也要流了。”（费达对王子语）“你的歌声高出群众含着意义哩。”

（维娜对费达语，其实应译作带着一种使命）“你们这种人哪里懂得！”（费达答语）“我们等了五百年才得自由，你必要等五分钟才死。”（费达对维娜语）“这是领袖的符号。为了你，我卖了党，卖了同志了。”（同上）“我现在要死了，我向你说一句在生所不能说的话。”“我爱你，我死了也爱你。”“你看，你的人和我的人有何分别，为什么也要用全军人马来杀我一个人呢？”（同上）像这样漂亮、沉痛而有力的句子，在全片里是很多的。

演员的艺术也很不错，特别是费达和维娜两主角演得好，有些地方真可使人流泪。可惜维娜的性格有点模糊，但这是编剧人的错，演员不负责。

总之《党人魂》虽然够不上说是一部解释革命的影片，但在现今《怪魔》《漠中情血》《皇后私奔记》流行的电影界中总算是一部难得的片子，所以我看了一次，两次，三次。

《工女马得兰》[①] 译本序

在这样一本名著的前面放上一篇序，非但不必要，而且还是多余的。不过我既有了机会先一般读者而读此书，它又曾使我异常感动，那么我把我的感想写下来，也许可以作为读者了解此书的一个帮助，何况我又曾答应译者岳煐君写一点东西在他的译稿的前面！

近来译成中文的西洋文学名著中最使我感动的，有三部书：第一部是阿志跋绥夫的《工人绥惠略夫》；第二部是路卜洵的《灰色马》；第三部便是此书。前两者是俄国的作品，又是小说，而且在意义上也和这本《工女马得兰》不相同。《工人绥惠

① 《工女马得兰》：一九二八年三月上海开明书店出版。

略夫》呢，鲁迅君说是一本“愤激的书”。《灰色马》呢，它的英雄佐治是一个极端的否定者，对于革命，对于一切，都没有信仰，虽然他是一个恐怖党人。《工女马得兰》却不是这样，它是一本充满着希望的书。它的“英雄”，对于革命是有坚定的信仰的。不仅最后马得兰所说的“我的儿子没有死，让的儿子没有死”这两句话里所暗示的希望是极其明显的，便是其他的地方也都贯穿着希望，随处可以增加读者的勇气。

译本之所以改名为《工女马得兰》（这是我的意思），这意义也是很容易明白的。这本戏是以马得兰为贯穿全书的一根线，以她开始，以她结局。她与让·罗路同为全戏里的两个重要人物，而她的重要更超过让·罗路，我们说她是全戏的唯一“英雄”也未始不可。

马得兰，据让批评她说，是“有高贵心灵的女人”，是“天地间所生的精华中的一个”，然而在从前，在罢工以前她“不过是一个多苦多病的穷女子”，“曾是那样地安静而多愁”。从一个多愁多病的女儿变为一个信仰坚定的战士，成了罢工群众的“小母亲”，这样的变化并不是什么奇迹。假若我们追蹑马得兰心灵的变化，便很容易明白一方面是困苦的生活，被富人们虐待、侮辱、遗弃的生活燃起了她的怨恨，一方面是真诚的爱情，以“幻梦、计画、奋斗”相信让的爱情给了她“如许多的勇气，如许多的信仰”。这样完成了她的变化，这是很自然的。

让·罗路以前的遭遇倒与绥惠略夫相似。他的同伴为了信仰都跑到死里去了，只剩下他一个。他在波那被绞死时才逃出来。到处受人嘲笑，到处被人告发。他的“苦痛之中，超过于饥饿日子的超过于无被褥的夜里的，却是感到人们的冷淡不关心，和给他们指示幸福之途的力量的白费”，这样他便只停留在一个像烈火般“奔腾的激奋里”，甚至失了信仰。但他与绥惠略夫不同的，他后来得到了马得兰的爱情竟然得到了崭新的生命力和对于前途强烈的信仰，终于为工人的利益把生命牺牲了。

罗伯与喇尔江关系的描写，也是这本戏里一个精彩的地方。他们父子间思想上的冲突到了极点。甚至“彼此相谈，相看，不是像父亲和儿子，却是像仇敌和仇敌”。然而在感情上他们仍是彼此相爱，仍是父子。喇尔江说：“要是我们彼此不相爱了罢，可怜的孩子，我们还会这样难受么？”这是一句何等沉痛的话！米尔波对于理智与感情交战时期的心理描写，在艺术上的价值实在是不朽的了。

喇尔江也不是如一般人所想象的怎样一个坏人，他也想做一点好事，然而因为他的偏见太深，周围的人如麦哥来等又是异常之坏，他自己又没有决断心（这是他的最大弱点，虽然麦哥来等称赞他是一个有决断心的人，实际他毫无决断心）。所以终于造成了绝大的罪恶。他承认工人所要求的是生活，是很公道的事情，然而他竟拒绝了他们的要求，反而听了麦哥来的话叫军队来压服工潮，结果杀死许多人而自己的工厂也被焚毁了，他的儿子因为参加罢工者一方面的运动，也被军队枪击死了，自己几乎发了狂。这便是无决断心的结果。

此外如都卢得等资产阶级的谈话以及热勒维娜之所谓慈善，处处表示出来横于富人与贫民间的鸿沟，和在富人眼底下的穷人的面影。至于二十七年苦工所造成的路易·笛耶，便是表示工人困苦的绝好证据。他在罢工失败后同着邻人到堆尸场去。他坐在凳子上望着来来往往的家属，竟说："这是发工钱的日子。"这时幕下，全剧由此告终。这样的结局很有深长的意味，不晓得那些富人看见了他们的"成绩"能否不惊心动魄！

就艺术方面讲，这本戏也是成功的作品，全篇无异乎是一首很长的散文诗，句法短劲而有力，修辞也很美丽，还带有极强的煽动力。第四幕里让与马得兰的演说，恰与莎士比亚的名剧《凯撒》里布鲁达司与安多利欧的两篇演说一样，是极能动人而又名贵，即与大演说家的演说相比也无愧的。

《骷髅的跳舞》[①] 译本序

虽然我还不配算在那般“天天在巴黎圣密雪尔大街上散步的面部毫无表情的中国人”（借用法国某女记者的话）之列，但赛纳河畔一带的旧书摊却是我常到的地方。一个星期中我至少要去两次，每次回来，两只手总是满满的。

然而有一次我冒着春天的微雨，沿着赛纳河岸，望着圣母院两个高耸的钟楼，踏着回家的路，手里却只有一本薄薄的世界语的小书《骷髅的跳舞》，是花了两个半法郎买来的。

几天又过去了。有一天大清早我拿了这本小书到卢森堡公园

---

① 《骷髅的跳舞》：秋田雨雀著，署“一切”译。世界语译本内共收《骷髅的跳舞》《国境之夜》《首陀罗的喷泉》三个独幕剧。一九三〇年三月上海开明书店出版。

去。早晨，公园里游人不多。我坐在大树下一把长椅上，在安静而闲适的气氛中，读这本小书。阳光射在碧绿的草地上；中间圆圆的地方种着各样颜色的花；喷水机不住地喷出丝丝的雨点，在阳光中闪耀着如颗颗的明珠。这时候我读完了《骷髅的跳舞》。在这样和平的空气中，我的紧张的心情突然宽松了。“骷髅”在我的眼前不见了。我只记得首陀罗[①] 的喷泉和草原。我似乎已经看见这一切了。我知道那样的日子快要到来。为着全人类的喷泉和草原，是到底会有的，而且不久我们就会看见的。

作者秋田雨雀在爱罗先珂的童话剧《桃色的云》序中说过：“你叫喊说，‘不要失望罢，因为春天是决不会灭亡的东西。’是的，的确春天是决不会灭亡的。”这时候我的感觉也是如此。不错，春天是决不会灭亡的。

我在卢森堡的春天里读完了这本小书，心里确实充满了希望。现在我把它译了出来，又恰逢着上海的春天。

一九三〇年三月

① 首陀罗：印度社会中四个种姓之一，他们是社会地位最低下的人。

《前夜》译本序[1]

大约在十年前罢，一个十五岁的孩子，读到了一本小书。那时候他刚刚有了爱人类爱世界的理想，有一个孩子的幻梦，以为万人享乐的新社会就会与明天的太阳一同升起来，一切的罪恶就会立刻消灭。他怀着这样的心情来读那一本小书，他的感动真是不能用言语形容出来的。那本书给他打开了一个新的眼界，使他看见了在另一个国度里一代青年为人民争自由谋幸福的奋斗的大悲剧。在那本书里面这个十五岁的孩子第一次找到了他梦景中的英雄，他又找到了他的终身事业。他把那本书当做宝贝似地介绍

① 本文在《生之忏悔》中题为《〈前夜〉译本序》，收入《巴金全集》第十七卷时题为《〈夜未央〉小引》，今据《生之忏悔》改为现题。《夜未央》：廖·抗夫著。初版时书名作《前夜》，一九三〇年四月上海启智书局出版。

给他的朋友们。他们甚至把它一字一字地抄录下来，因为那是剧本，他们还排演了几次。

这个孩子便是我，那本书便是中译本《夜未央》。

十年又匆匆过去了。现在回想起来，十年前的事还和在昨天发生的差不多。这十年中我的思想并没有改变，社会科学的研究反而巩固了它，但是我的小孩的幻梦却消失了。这一本小小的书还保留着我的一段美妙的梦景，不，它还保留着与我同时代的青年的梦景。我将永远珍爱它。所以我很高兴地把它介绍给我同时代的姊妹兄弟们。

一九三〇年二月

《我底自传》[1]译本序

我的小弟弟：

自从几个月前得到你的信叫我译著点书给你读以来，我就无日不在思索想找出一本适当的书献给你。经过了长期的选择之后我终于选定了现在的一本书。你要读它，你要熟读它，你要把它当做你的终身的伴侣。

我为什么选择这一本书呢？你把这本书读过以后就可以明白。在你这样的年纪，理论的书是很不适宜的，而且我以为你的思想你的主张应该由你自己去发展，我决不想向你宣传什么主

---

① 《我底自传》：初版时名《一个革命者的回忆》（上下集），克鲁泡特金著。一九三〇年四月上海启明书店出版；一九三九年五月改由上海开明书店出版。

义。不过在你还没有走入社会的圈子接触实际生活以前，指示一个道德地发展的人格之典型给你看，教给你一个怎样为人怎样处世的态度。这倒是很必要的事。——这是你在学校里修身课本上找不到的，也是妈妈哥哥所不能告诉你的。

固然名人的自传很多，但是其中不是“忏悔录”，就是“成功史”；不是感伤的，就是夸大的。归根结底总不外乎描写自己是一个怎样了不起的人。

然而这本自传却不与它们同其典型。在这本书里著者把他的四十几年的生活简单地、毫无夸张地告诉了我们。在这里面我们找不出一句感伤的话，也找不出一句夸大的话。我们也不觉得他是一个高不可攀的伟人，他只是一个值得我们同情的朋友。

巴尔扎克在童年时代常常对他的妹妹说：“你的哥哥将来要成一个伟大人物”，这样的野心并非那位法国大小说家所独有，大部分的人都有。然而克鲁泡特金从来就没有这样的野心，他一生只想做一个平常的人，去帮助别人，去牺牲自己。

从穿着波斯王子的服装站在沙皇尼古拉一世的身边之童年时代起，他做过近侍；做过军官。做过科学家，做过虚无主义者，做过囚人；做过新闻记者，做过著作家，做过安那其主义者。他度过贵族的生活，也度过工人的生活；他做过皇帝的近侍，也做过贫苦的记者。他舍弃了他的巨大的家产，他抛弃了亲王的爵号，甘愿进监狱，过亡命生活，喝白开水吃干面包，做俄国侦探的暗杀计划之目的物。在西欧亡命了数十年之后，终于回到了俄罗斯的黑土，尽力于改造事业，到了最后以将近八十岁的高龄在乡间一所小屋里一字一字地写他的最后的杰作《伦理学》。这样地经历过了八十年的多变的生活之后，没有一点良心的痛悔，没有一点遗憾，将他的永远是青春的生命交还与“创造者”，使得朋友与敌人无不感动，无不哀悼。这样的人确实如一个青年所批评“在人类中是最优美的精神，在革命家中有最伟大的良心”。所以有岛武郎比之于“慈爱的父亲”，所以王尔德称之为有最完全的生活的人。这个唯美派的诗人曾说：“我一生所见到的两个有最完全的生活的人是凡崙和克鲁泡特金……后者似乎是俄罗斯出来的有着纯白的基督的精神的人。”

弟弟，我现在把这样的一个人介绍给你了，把他的生涯毫无夸张地展现在你的眼前了。你也许会像许多人那样反对他的主张，你也许会像另外许多的人那样信奉他的主张，然而你一定会像全世界的人一样要赞美他的人格，将承认他是一个纯洁、伟大的人，你将爱他、敬他。那么你就拿他做一个例子，做一个模范，去生活，去工作，去爱人，去帮助人。你能够照他那样地为人，那样地处世。你一生就决不会有一刻的良心的痛悔，决不会有对人对己不忠之事。你将寻到快乐，你将热烈地爱人，也将为人所爱，那时候你就知道这本书是青年们的福音了。你会如何地宝爱它，你会把它介绍给你的朋友们，你会读它，你会熟读它，你会把它当做终身的伴侣。

自然这里面有些地方是小小的你所不能够理解的，（但你将来长大成人的时候，你就会知道这些地方的价值。）然而除了这些地方之外，你读着这一本充满了牧歌与悲剧、斗争与活动的书，你一定会感动，一定会像我译它时那样，流下感激之眼泪，觉得做人要像他这样才好。那时候你会了解你的哥哥，你也会了解你的哥哥的思想，你会爱他，你也会爱他的思想。你更会爱他所爱的人。那么我的许多不眠的夜里的劳苦的工作也就得着酬劳了。

一九三〇年一月

《幸福的船》[①] 序

吴去厦门的前一夜邀我去逛“新世界”[②]，他说：“那个地方我几年前去过一次，是和爱罗先珂[③] 同去的。”他提到爱罗先珂就露出了无限的温情。我知道他在想念那个人，他希望能够在那个地方找出当年的遗迹。

爱罗先珂是我们大家所敬爱的友人。他的垂到肩头的起波

① 《幸福的船》：爱罗先珂著，鲁迅等译，巴金编。一九三一年三月上海开明书店出版。

② “新世界”：指当时的“新世界”游乐场，在上海南京路西藏路口。

③ 爱罗先珂是俄罗斯的盲诗人，曾经到过印度、缅甸等国家，后来又到日本，用日文写了好些童话，收在《天明前的歌》和《最后的叹息》两个集子内。一九二一年被日本政府驱逐出境，到中国来住了一个时期，发表了一些用世界语和日文写的童话和散文。一九二二年他经过东北回到苏联，担任盲人教育工作。一九五二年逝世。

纹的亚麻色头发，妇女似的面庞，紧闭的两只眼睛，这一切好像还深印在我们的心上。这个俄罗斯的盲诗人，他以人类的悲哀为自己的悲哀。他爱人类更甚于爱自身。他像一个琴师，他把他的对于人类的爱和对于现社会制度的恨谱入了琴弦，加上一个美妙而凄哀的形式，弹奏出来，打动了人们的心坎。所以就是在中国的短期勾留中，他也已经在中国青年的心上留下一个不灭的印象了。

是的，他确实给了我们许多礼物。如他给了日本青年以《虹的国》《雕的心》《桃色的云》《幸福的船》① 那样，他也给了我们以《红的花》《爱字的疮》② 和《一个寂寞的灵魂的呻吟》③ 。他去了。因为这个寂寞的沙漠挽留不住他的那一颗热烈的无所不爱的心。他终于回到了他所眷恋的故乡④ ，在广阔的草原上去呼吸五月的空气，在浓密的树林里去倾听夜莺的歌声。但是他也曾从我们这里带走了一些东西。我们像报酬似的把《人马》《小脚女子》《驼背女孩》和《一个小女孩子的秘密》⑤ 等等全给了他，在他的苦人类之所苦、憎人类之所憎的心上，永远刻印了一条悲哀的伤

① 这些都是爱罗先珂写的童话（《桃色的云》是童话剧）。
② 这两篇是他在中国写成的童话。
③ 这是他的一本世界语散文集（在上海出版）。
④ 故乡：指苏联。
⑤ 均见爱罗先珂的《枯叶杂记》（小标题：《上海生活的寓言小品》），胡愈之从世界语译出，收在《幸福的船》内。

痕。这件事至今还令人痛心。更可悲的是这几年来我们的青年也曾许多次多少表现过他们的活力。但是他已经看不见了。

然而我们也不是完全忘恩的。我们爱他，我们也了解他。是的，我们的青年确实是了解他的。记得去年吴给了我一张盲诗人的照像，面庞上多了一双眼睛。吴告诉我说这是一个小孩画上去的。要消灭一切自然的和人为的缺陷，使世间再没有一个会感到不足的人——这样的纯洁的孩子的心也正是我们的盲诗人的心。我们的小孩不忍见这个异邦的盲人的痛苦，想使他双目重明可以和其余的人一样欣赏自然的美景，正如盲诗人不忍见人类的痛苦，想造一只为全人类乘坐的“幸福的船”来普救众生。所以在美的童话般的世界里，我们的孩子的心是和盲诗人的心共鸣的。在中国，盲诗人的作品之受人欢迎，大约也就是因为这个缘故罢。

为全人类乘坐的船几时才会来呢？有些人以为这永远是不能实现的梦想，但我的意思却不是这样。

我现在住在一个僻静的南国的古城里。夜间有一个朋友教我认识天空的星群；日里我便观察显微镜下面的小生物如草履虫、阿米巴之类的生活。我看见在我们的周围存在着一个那么大的世界和一个那么小的世界。生命真是无处不在。孤立的个人在这世界中并不算什么。我觉得我的个人生命的发展是与群体生命的发展有连带关系、永远分不开的。所以把个人的生命拿来为他人而放散，甚至为他人而牺牲，并不是不可能的事，反而正如法国天才哲学家居友所说："这个扩散性乃是真实的生命之第一条件。"何况我们的心中有着更多的同情、更多的爱、更多的欢乐、更多的眼泪，比我们的自己保存所需要的不知多过若干倍。我们拿它们来分给他人，也是很自然的事情。所以为万人乘坐的船是有的，而且会来的。只要人类如今不是正向着灭亡之路走去，那么我们终有一天会见到那样的幸福的船航行在人间之海里。

因为这个缘故，我才替上海世界语学会编辑了这一本《幸福的船》，我愿意把它献给我的同时代的兄弟姊妹们。

一九三〇年九月在泉州

附记：这本集子正要付印的时候，一位朋友从苏联回来，给我们带来关于爱罗先珂的消息。据说他健康地活着，在他的祖国一所盲人学校里教书，有兴致的时候还常常去北冰洋一带探险呢。这个消息当然是读者所乐闻的。

一九三一年三月在上海

《秋天里的春天》[①] 译本序

如果叫我用这题材写一部小说，我一定不会像巴基那样写。然而我读着巴基的小说的时候，我的眼睛竟几次被泪水润湿了。这是感动的眼泪，这正如那个老卖艺人巴达查尔师傅所说，是灌溉心灵的春天的微雨。

巴达查尔师傅这样的人恐怕是有的，生为优伶之子而且整日与卖艺人为伍的巴基有很多机会见着这种人。然而我们千万不要相信巴达查尔师傅的神秘的定命论，这在巴基的小说里没有别的作用，只是一个装饰，用来掩饰，或者取消这作品的反抗色彩，

① 《秋天里的春天》：尤利·巴基著。一九三二年十月上海开明书店出版。

使它不带一点反抗性，而成了一个温和地悒郁的故事。在和平主义者和人道主义者的巴基，他只能够写出这样的作品。但是他却写得很美丽，很能够感动人。就是在这个温和地悒郁的故事里，我也感到了一种反抗的心情。我读着："不管我怎样为着它奋斗，到后来总是别一个人（穿得很阔气的小姑娘）把我那个又好看又会说话的小玩偶拿走；生活另外扔一个肿脸的坏玩偶来满足我。"我的身体在燃烧了。小太阳，你上了你爷爷（巴达查尔师傅）的当了。那不是生活，那是不合理的社会制度。使得两个拾得的孩子的遇合成为一件值得哭的事情，那只是不合理的社会制度，并不是生活。

在生活里是充满着春天的。秋天里的春天，冬天里的春天，而且有很多很多的春天。学生亚当说："像这个秋天里的春天这么美丽的春天永不会来了。"这是个大错误。反而是教员巴南约席说了更正确的话："春天会来的，还有许多美丽的春天。"

许多、许多更美丽的春天……我这样相信着。

四年前一个春天里在巴黎的旅舍中我给一个人写了一封信，如今在那个人用自己的手把生命割断了以后，这封信又回到了我的手里。

在冬天，我读着下面的话：

是在春天。这是我一生最快乐的时候。我每次经过了充满杀气的冬季而来到明媚的春天，我的心里又有了希望，对于未来的信仰更加坚定：我觉得经过一次与恶魔搏斗后，我又复活了。我有创造力，我有生命力！春天给了我一切。

卢森堡的枯树发了新芽，赛纳河的潮水重新泛滥，蛰伏的昆虫又起来活动。死的，睡的，静的，一切都新生了，醒来了，活动了。我的生活曾是如此绝望和苦痛，然而春天又把希望和勇气给了我，使我仍然抱着坚定的决心继续与环境搏斗，使我不屈服于敌人之前。……

春风哟，我感谢你，你煽起了我的生命之烈焰，你吹散了我的苦痛之回忆；春天，我感谢你，在你的怀抱中我觉得生命是无处不在。……

读了这样的话，我在冬天里又看见春天了。我并没有欺骗自己，甚至就在这时候，就在寒风割着我的两耳、手冻僵得几乎不能执笔的时候，我还相信着四年前在一个温暖明媚的春天里写下来的这些话。那一个美丽的春天并没有灭亡，它至今还在我的心里，因为正如《桃色的云》里面的土拨鼠所说：“春天是不会灭亡的。”

是的，春天是不会灭亡的。在第二年的春天里，巴达查尔师傅会把小太阳给学生带回来，于是两个拾得的孩子又会遇在一块儿了。

我们用不着像学生那样地呼唤：

> 春的爱啊，不要飞去，快留停。
> 啊，留停罢……长留在我的心。
> 因为春的爱是不会飞走的。

最后再说几句介绍巴基的话。

匈牙利诗人兼小说家尤利·巴基（Julio Baghy）[①] 是世界语文坛上的第一流作家。他用世界语写成了小说、诗歌、戏剧等八部创作集。他的长篇小说《牺牲者》曾经被译成了十三国文字，在各国销行颇广。他是一个优伶之子，自已也是一个优伶，曾经演过莎士比亚的名剧中的主角如哈姆雷特之类。他因参加第一次世界大战而作了俄军的俘虏，被流放在西伯利亚的荒原。在那里他在孤苦呻吟之际，将他的苦痛的情怀写入诗歌，成了悒郁、悲怆的调子。他的《牺牲者》就是他的西伯利亚生活之记录。以冰天雪地为背景的悲痛的故事，主人公的超人的性格和牺牲的精神，

① 尤利·巴基现在还是匈牙利世界语运动中一个重要人物。（一九五九年巴金注）

以及诗人的敏感的热情与有力的描写，无疑地在读者的心中留下了不灭的印象，引起许多人的同情，而得到世界语文坛冠冕之作的称誉。他的作品有一种旧俄的悒郁风，但里面却依然闪耀着希望。他颇似陀思妥耶夫斯基，他的作品是直诉于人们的深心的。在他，所有的人无论表面生活如何惨苦，社会地位如何卑下，恰像一块湿漉漉的抹布，从里面依然放射出光芒来；换言之，就是在悲惨龌龊的外观下面还藏着一个纯洁的灵魂。自然这情形是那般少爷小姐们所不能了解的。所以从前在俄国，当屠格涅夫和格列哥洛维奇描写农奴生活的小说发表的时候，许多高等贵族甚至惊讶地问道："他们那种人居然会有感情，居然知道爱吗？"那么他们就不要读巴基的小说罢。

《秋天里的春天》是巴基的近作之一。他的小说被译成中文的有钟宪民译的《牺牲者》（长篇）和《只是一个人》（中篇），索非译的《遗产》（短篇）。

我的翻译以直译为主，有时候也把那些译出来便成了累赘的形容词删去一两个。我不喜欢按字死译，所以把animo一字有时译作"心灵"，有时译作"灵魂"；sopirfloro一字就只译作"鲜花"。诸如此类的例子很有几个，不便一一指出，因此特别在这里声明一句。

一九三一年的最后一日

广州二月记[①]

一　我的憧憬

不记得从什么时候起，我的脑筋里就被印上了“广州”这两个字，我知道在中国的南部有这么一个城市，那是阳光常照的地方。

有一天我和一个朋友谈起去广州的事情，这朋友就对我倾吐

① 本篇最初发表于一九三四年三月一日《中学生》第四十三号，发表时题为《广州——地方印象记》，署名马琴。

了他对于那地方的憧憬。据说在一次病中发呓语的时候，他曾说过许多赞美广州的话。他说那是一个儿童的乐园。那里美丽得像童话里的天堂，无数的儿童快活地生活在里面，他们自由地在街中游戏，街中有各种的小贩，卖着各类的东西，让小孩们自由取用。

自然，这朋友还对我说这不过是一些呓语，他和我都不会相信。但是我自己对于广州的憧憬却也因此加深了。我常常想，如果能够到广州去，不管住多久总是一件幸运的事情。

这愿望不久就实现了，似乎来得非常容易。

晚上从香港搭小火轮去广州，第二天大清早船就靠岸了。那一天正是端午节。我本来早已把旧历忘在九霄云外了，然而小火轮一进广州市，我就听见锣鼓的声音，接着两只龙船远远地向着我们这面划过来。无数的手摇着无数的桨，一些人站在船上敲锣，打鼓和欢呼。两只船用最快的速度竞赛着，但是不到一会儿工夫它们就消失在我们的后面了。小火轮缓缓地前进，两岸的街市在我的眼前渐渐地展开来。于是我们的船就在长堤码头停泊了。各种吵闹的声音和各样装束的人包围着我。广州的确是一个热闹的地方。

二　四层楼上

我的旅伴是一个广东人，他时常往来广州，对于这都市是十分熟悉的。他不需要挑夫的帮助，一个人提了两只箱子离了船，我跟在他后面。我们的脚坚实地踏在长堤的土地上面了。

两部“手车[①]”把我们拉到永汉路的一家小商店门前。我以为那朋友会进商店去，但他却走进了商店旁边的一条窄巷。巷子里很黑暗，直到我走进去，我才知道那是楼梯。楼梯很高，走上去有些费力。我们走完一层，看见一个房间，从短门下面露出了一些男人和女人的赤脚。转一个弯，我们又上了更高的一层。大半的路程都是在黑暗里摸索着走了的。到了第四层，我那朋友才走进一个房间去，那是一家广告公司，里面堆满杂志。朋友宽慰地放下了箱子，这时候我已经是汗珠满额了。

当我在那小商店门口下车的时候，我决不会想到第四层楼上会有这样的地方。后来我才知道这种建筑在广州是很普通的，好些茶室，好些公司，好些人家都在这样建筑的楼上。所以有时候

① 手车：即人力车。

我稍微不小心走过了那登楼的地方，就不知道怎样才能够上得楼去。自然，这样的事也并不常有。

三　长堤

沿着珠江的北岸，躺卧着长堤，这是最热闹的街市，车辆整日就没有停止过。

每天晚上，从河南那面看过来，长堤灿烂地炫耀着一片灯光。我常常站在河南一家建筑的楼上，用望远镜看对岸，那灯烛辉煌的河北夜市和西堤一带的高建筑尽入了我的眼底。

我有时也走过长堤，不过时间总是在夜里，而且我常走的是西堤一带。西堤只是长堤的热闹的一部分。是以永汉路为界的，永汉路以东的街市，那就是属于东堤的范围了。

在西堤一带有不少大的商店、旅馆、酒楼。演粤剧的海珠戏院在这里，那时候正演着薛觉先和月团圆班的戏，这海珠戏院是个高等的戏院。薛觉先是广东最时髦的伶人，据说有不少的大家小姐和姨太太爱着他。每晚上在海珠戏院的门口用电灯泡扎成了这一夜的戏目，如《梦断秦淮月》《难忍相思泪》《华丽缘》之类，在行人的眼前闪耀着。厅堂门外坐着一排收票人在那里谈笑，表示这一场的生意又不错。

离海珠戏院不远是明珠大戏院（在广州影戏院的名称是不同的，有的叫“有声画片院”有的叫“有声映画院”等等），那是映美国影片的地方，有不少的高等华人走进那里面去，男男女女，都穿着华丽的衣服，像在参加时装表演。

同时，在靠珠江一边的路上，或者在海珠公园的废墟上，就站着好些中年妇人和青年女郎，她们穿着普通的服装，香云纱的短衫，不擦粉，看见人就做一个媚笑，娇声问：“叫艇吗？”

她们在那些地方常常徘徊到夜深，她们的笑容看得出来是勉强的，她们躲在半黑暗里，就像一些鬼魂。

珠江到夜间就平静了。在深夜江上只有稀疏的星点似的灯光，许多只篷船都睡在江面上。

我向着东堤那方向走，一会儿就走到了海珠桥下面。桥压在我的头上，许多人在我头上行走。我于是转了弯，走上石级，到了海珠桥上，长堤就躺在我的脚下了。

我站在桥畔，扶着栏杆回头去望长堤。西堤一带还有许多颗明星在霎眼。东堤一带却黯淡起来，只有几辆手车拖着微暗的灯光经过这桥下，往亮的或暗的地方去了。

我再俯下头去看江面。在我的脚下，许多只篷船静静地睡在那里，排列得很整齐，只有几点星子似的灯光点缀了黑暗的江面。

四　海珠桥[①]

河南同河北虽然中间只隔了一条珠江，却是不同的两个世界。从前没有桥的时候，人就靠着篷船和电船往来两岸。如今有一座大桥把这两个不同的世界连接起来了。这就是新建成的海珠桥。

我在中国都市里见过的铁桥，这算是最大的一座了。但是桥上只有胡汉民的题字，修桥工人的名字是看不见的。

我住在河南的最大建筑物——机器总工会的三楼上。一个小房间做了我的寝室，从整夜开着的窗户里，我看见对岸灯烛辉煌的河北夜市和西堤一带的高建筑物。

机器总工会晚上总是人声嘈杂，因为那里住得有一些失业工人（因工潮而被“开除”的），那里时时有工人开会，而且每隔

① 本篇最初发表于一九三四年三月一日《中学生》第四十三号，发表时题为《广州·四·海珠桥》，署名马琴。

一夜在下面娱乐场里还要演出机工剧社的粤剧。

夜里我睡得很迟。但是第二天早晨一起床，稍微休息一下，或者读一两小时的书，我就离开寝室到河北去，一直到晚上九十点钟我才回到河南来。我不喜欢搭电船，我不喜欢坐手车，每天我至少走过海珠桥两次。

海珠桥的形状有点像上海的外白渡桥，但是比外白渡桥长，在河北的一端连接着维新路，长堤还横卧在它的下面。桥下有汽车，有行人。我每天走过那一段的时候，就觉得我的脚一步一步地踏在别人的头上。

这桥并不是一个整块，它是一道活动的桥。桥中间有一条长的裂缝，从这里可以看见河水的流动；有时候大船经过，桥就从这里分裂开，成了两段，高高地向天空举起，就像起重机的杠杆一样。

上午我经过海珠桥，那时太阳晒在桥上，行人们挥着汗在那里拥挤地走着。车辆很少，人行道上也挤满了人，有些人在走，有些人倚着栏杆望下面的水。桥下面许多木船很整齐地排列在那里。这些船都是人的家，蜑民就生活在船上，而且是靠着船生活的。我走得很快，我没有时间看两旁的景物，太阳太热了！

晚上我从河北回来，有时经过长堤。从那里的石级一步一步地走上桥。我拖着疲倦的身子慢慢地在桥上移动。空气凉爽。到处都是人声，人行道上坐满了工人，有些睡在那里，有些就坐在铁架上面。桥上电灯明亮，海珠桥就像一个会场。夜晚好像是工人的节日。

我也挤进丛中去。我走到栏杆旁边，我埋头看下面的珠江。夜里的水面是平静的，依旧是那几排木船泊在下面，没有亮光，没有声音，大概人已经睡了。沿着长堤一带也泊了许多只船，那些船都是醒着的，我看见它们在眨眼。船上的姑娘这时候正站在长堤上，娇声软语地呼唤客人。

我回到机器总工会，在三楼走廊上，望远镜拿在手里，我在眺望广州市的夜景。我慢慢地移动脚步，到了走廊的另一端，便看见海珠桥的一段，高耸的灰白色铁架，玩偶一般的往来的行人，在黑暗的背景里分明地显露出来。

我在走廊上立了许久。我不想把眼睛离开铁桥，我的眼睛看得很清楚：那景象是真实的。铁桥真实地摆在那里，我自己也曾在铁桥上面走过。人的力量（劳动者的力量）能够完成一切，我每次想到这个，就被一种创造的喜悦抓住了，这喜悦会渗透我的全身，使我的身子慢慢地颤抖起来。

我爱都市，我爱机器，我爱所谓物质文明。那是动的，热的，迅速的，有力的。我知道都市里包含着种种的罪恶，机器使劳动者受苦，物质文明只供给少数有钱有势的人以高级的享受。然而这应当由我们这个不合理的社会制度负责（所以我们应当把它改造）。

让那些咒骂都市、咒骂机器、咒骂物质文明的人，拿“精神”安慰自己罢！至于我呢，我再说一次：

我爱都市，我爱机器，我爱物质文明。

一九三三年六月在广州

五　鬼棚尾[1]

一个傍晚我走过长堤到太平路新亚酒店去看朋友郑。他是那个旅馆的账房。三十圆毫洋的月薪，他就用这个小小的数目养活他一家人！

十年前我和他曾经通过好几封信，那些信里充满着青年的献身的热诚。他和我一样在十五六岁光景就看出了现社会制度的罪恶，投身在社会运动里面。我第一次读到他编辑的杂志[2]，第一次和他见面，那时我们都还是年轻的孩子。可是如今在多年的分别以后，我再看见他，他的嘴上已经生了一圈胡须。从他的谈话，

① 本篇最初发表于一九三四年三月一日《中学生》第四十三号，发表时题为《广州·五·鬼棚尾》，署名马琴。

② 指《春雷月刊》，大约在广州刊行了三四期。

从他的举动，我看出来：他老了，而且他还告诉我，他已经是一个孩子的父亲了。

我知道，三四年前他在南京铁道部服务时，也曾有过一些物质上的享受，那时他的境遇好，收入也不错。他就在那个部里，认识了他现在的夫人。他们结了婚，也有过快乐的日子。但是生活的担子渐渐地压住他的肩头了。

物质上的享受很快地变成了生活的负担。这个担子一天重似一天，许多年轻的肩头就被它压得紧紧地不能动弹。我亲眼看见我的许多朋友就是这样地给毁了的。他们从反抗现社会的路出发，结果却走到了拥护现社会的路上。他们自己似乎并没有疑惑，也没有悔恨，却使得一些人暗中为他们痛惜。我写《一个女人》[①]时，我的心很痛苦。

郑自然不曾走到这一步，他至今还在生活的担子下面挣扎，他曾经是一个很好的青年。但是现在他老了，他的肩上已经挑着一个妻子和一个小孩了。

在这种情形里我们的会面是快乐的，但又是悲痛的。我们谈起十年前的情况和十年来的变化，我们都不能没有感动。

我们谈了不少的话，另一个朋友又跑了进来。郑便约我出去

---

① 《一个女人》：短篇小说，见《巴金全集》第十卷。

“饮茶”，因为这时候他已经恢复了自由，晚上的时间他还不曾卖给旅馆。

茶楼上很吵闹，两个姑娘在那里轮流唱戏。锣声太响，把人的耳朵快震聋了，我们对面谈话都听不清楚。我们实在没有福气享受这种吵闹的音乐，就逃了出来。

“还是到长堤上散步去。”郑在和那个朋友商量。我没有什么意见。

三个人在路上慢慢地走着。郑领路。他走过一条街，又穿过一条巷，有时候他和那个朋友低声说话，有时候他也告诉我一件事情。但是我不知道他们打算到什么地方去。

我们到了江边，在一段较僻静的路上，许多女人在那里问过路人要不要小船。他们雇了一只小船。一个中年女人把我们引到了黑暗的码头边，许多船在黑暗的背景里显出来。

我们走下几级石梯，一条窄的木板放在我们的面前，把我们引到一只小船上，我们又得从这只船再跳上另一只。

船上有一个中年男人，他看见我们坐下，就把船撑起走了。中年女人在后面荡桨。我们的船开始在许多船只中间找一条路穿出去，这样地划船的确不是一件容易事情。地方是这么小，许多船都挤在一块儿！

很奇怪，一转弯，在我不知不觉间我们的船就好像流进了一个闹市。我仿佛坐着黄包车走过一个小城市的热闹街道。我的眼界变换了。两边都是灯烛辉煌的商店，每一家门前都坐了几个人，里面至少有一个年轻女子，有时候还有两三个。她们的脸上粉擦得很多，衣服却并不讲究，大都是一身浅色短衫裤，脚全光着……

这是什么样的街道呢？

不，两边并不是什么商店，它们都是船，都是画舫。它们比我们的船大，比我们的船好。它们排列在两边，中间留下一段路让往来的游船经过。这样的街一共有四条。我们的小船就要走过这四条街。

“这两毫子也不容易拿啊！”朋友看见船夫费力地撑船的样子，发出了同情的感叹。这时候许多游船在街中间拥挤着。桨简直没有用处。船靠着船，而且靠得那么紧，差不多没有一点缝隙。要移动船，就全靠着一根竹竿和一些手。这时候四面都是人声。

迎面来的也是画舫，画舫里面常常是一对男子抱着一双姑娘，或者一个女子陪着两三个男人，坐在小圆桌旁边谈笑。有一只画舫里坐着一个老头子，他的左右两手各抱一个姑娘。那些年纪大的人，种种肉麻的样子都做得出。这些终于都流到我们的后面去了。

这闹市还没有完结。我们的船继续往前走。两旁的画舫依旧固定地摆在那里。一只一只地紧紧挨着。有几只上面客人在打麻将；有几只上面姑娘就坐在船头向过往的船只兜生意；有几只上面姑娘们对着镜子在擦粉。

四条街终于走完了。我们的船离开明亮的地方往黑暗里流去。它走过最后一只画舫时，我却看见了一只大船。这只船与其余的完全不同。船上也是灯烛辉煌，但是它摆起了庄严的面孔。不知道怎样我先前竟然没有把它看进眼里，现在我的眼光却自然地落到它上面了。我看见站在船头的一个警察和挂在船头的一块招牌，招牌上大书着"×××××花捐征收处"。

这块招牌不过十个字，它却清清楚楚地告诉我们：真正靠着女人的皮肉吃饭的是一些什么人。至于国家每年收入的花捐数目之大，这也是很容易了解的事情了。

我们三个人忍不住失声笑起来。在付了"两毫子"的船钱上岸以后，我们谈起这件事情还觉得好笑。

回到机器总工会，时间已经很迟了。我进了房间，把手里拿的一册福耳的《拿破仑论》[①]往桌上一放，就躺在床上睡了。这本《拿破仑论》是郑借给我的。他说写得很好，要我读一遍。我后来果然读了。我简直看不出书的好处，我连译文也读不懂。

我第二次再看见郑，我把《拿破仑论》还给他，我很抱歉地

---

① 《拿破仑论》：法国福耳著，伍光建译，上海商务印书馆出版。

说我看不出这本书的好处。我又问他那天晚上我们去的地方是什么名字，他说是“鬼棚尾”，并且解释道：“鬼棚”是租界（即沙面），因为中国人从前叫西洋人做洋鬼子。“鬼棚尾”不用说就是靠近租界的地方。

一九三三年六月在广州

六　河南

河南是外国人所不到的地方，大概就因为这缘故，才变成了一个和广州完全两样的世界。在这里充满着赌场和烟馆，那是对岸所完全没有的。河南就因为这两样东西而变得繁荣了。

烟馆据说有一百多家，名称都是××戒烟室或高等戒烟室，我每天总要经过许多家戒烟室，可是我却从没有机会进去看过。我只知道一件事情，就是在那里面人把大烟叫做戒烟药膏。

赌场的数目不会比烟馆少。我可以用拥挤两个字来形容它们的数目之多。名称是××公司，像裕泰、裕丰这类名称都是很普通的。建筑是两层，门口有一个武装兵士守卫，招牌上还写了“楼上银牌”或者“银牌现钱”一类的字样。生意很好，每一家里面都挤满了人，我经过它们的门前时，总要看见不少的头和背影。

有一晚上我和一个朋友进去了。那赌场是一家较大的。楼下靠里放着柜台，铺上席子，一个做庄家的坐在柜台里面，旁边还有两三个帮手。好些赌客就站在这高柜台前面，没有座位，也没有茶。他们的装束和普通人没有分别，但押起注来却很大，有的一伸出手就是好几张十元的港纸，很快地便给庄家吃了进去。这叫做番摊，赌具是一堆围棋子。赌法很简单，人人懂得。

我们走上楼去，楼上屋中间有一个长方洞。洞很大，四面围着栏杆，栏杆前面安放着凳子，这都是赌客们的座位。他们坐在这里看着下面柜台上的棋子押注，楼上有管事，他用一个小篮子把赌客押的注吊下去。楼上的赌客是比较高一等的，他们可以记账，有茶喝，有香烟抽，有红瓜子嗑。他们下的注，数目也就更大，每个人都默默地坐在那里，注意地埋头看下面的钩心斗角的“生存竞争”。

这一个公司里面有许多同样的房间，也就有许多赌摊。若把全个河南的赌摊算起来，那数目就很可观了。据说政府每月要抽去一百数十万的赌税，可见赌场里每月银钱进出的数目是很大很大的。广东人爱赌博的那种豪气，真令人不能相信。

七 茶馆

在河北茶馆是很多的，大约分三个等级，上等的叫做酒楼，中等的叫做茶室，下等的就是茶楼。上等的我没有去过，只有茶室和茶楼是我常到的地方。

据说饮茶有早茶、午茶、晚茶之分。广州人每天总有大部分的时间消磨在茶馆里面。许多人一天总要进三次茶馆。在习惯上规定的饮茶时间内，每个茶楼里都没有空座位。每一张桌子上都有人在高谈阔论。每隔几分钟伙计就端了一笼点心出来，高叫着走过每张桌子，各人便可以尽量地随意挑选他爱吃的点心。但这时间一过，茶馆里又变得像沙漠般地荒凉了。所以茶馆一天就只做几次生意。

茶室的顾客大半是学生和官厅的小职员，他们的学校和官厅就在这些茶室的附近，他们到这里吃一点简便的饭食，有时候也约朋友来闲谈，坐到两三个钟头。

还有一种茶楼雇得有两三个女伶清唱，生意自然不会坏，因为它们有一些捧歌女的顾客。这种又不能列在下等的茶馆里面了。

有一天我和两个朋友进了一个这样的茶楼，有两个女伶在那里唱戏，锣声响得太厉害，快把人的耳朵震聋了，我们没福气享受这种中国的音乐，就匆忙地吃了两盘面出来，付账时却发觉价钱比别家茶楼贵了许多。

八 西关

我很早就听见人说到西关，那是一个神秘的地方，许多古旧的大家庭就住在那一带。那里有宽阔的马路，也有旧式的窄巷和石板的小路。

有一次，一个朋友请我到西关的一家酒楼吃饭。那酒楼是一所很华丽的旧建筑，从前大概是一所富家公馆。里面有楼有阁，有廊有厅，有天井，有树木。

我们登了楼，进了一间很精致的楼房。大家坐下来，开开电风扇。露台上摆了好几盆鲜花，檐下垂着竹帘，阻拦了阳光。听不见一点闹声，这地方倒还清静。

我们谈话的时候，一个四五十岁的妇人忽然走了进来，向我们说了几句本地话，一个客人带笑地和她答了几句，她就高兴地出去了。不到一会儿工夫，那妇人又走了回来，在她的身后跟随着一位年轻的姑娘，和那姑娘的母亲。

这姑娘打扮得很漂亮，有些儿像娼妓。她对着我们点了点头，就在旁边一把椅子上坐下来，不说一句话，把眼皮垂着，把手里的扇子摇着，不敢看别人一眼，却只管让别人看她。

主人没有这经验，这时候也觉得有些难为情了，就让那个本地客人和她们讲话。我听懂了一部分。那妇人说出来姑娘的身价一千四百元。

大家没有话说了。在座的客人里面并没有谁想买一个姨太太。于是那本地客人从袋里掏出两毫银角给了那老妇人，让她把另外两个女人带走了。那姑娘快走出房门时，还回转身子向我们微微鞠躬。

在中国买卖姑娘并不是一件古怪的事情，但是在公众的场所公开地把女人当做一件商品来招揽主顾，展示给人们看，当面讲价，这在我还是第一次看见。我想这是开玩笑的事，事实上不会有这样的公开买卖。这个姑娘大概是妓女，不过用这样的谈话，来招揽生意罢了。

九 暑期学校

自然我也有机会和一些文化机关接触。譬如拿学校来说，那号称西南最高学府的××大学就是我常到的地方。

××大学的校址是很大的，全个建筑就只有青白两种颜色，墙壁是白的，边沿是青的。

那时候学校里刚刚考试完毕，开始放暑假。然而学生们却比平时更加忙碌。我记得我有两天不曾去过××大学，第三天再去时，一切景象都变更了。我从大门进去，由后门出来，中间经过不少的地方，我的眼睛就没有停止过注视。那墙壁上贴满了各种各类五光十色的暑期学校招生广告。这一处是物理学会的，那一张又是化学会的，还有数学会、历史学会、生物学系、国文系等等的。一个××大学里就办了六七个暑期学校，彼此竞争地招揽学生。单从那些广告上就可以看出彼此间的钩心斗角的竞争。好几张广告上都画着一个时髦的女郎的面孔或半身，头上还戴了一顶方帽。在广告旁边贴了招生简章，解说着进暑期学校的种种利益。

我经过了六七个报名处，看见果然有一些男女学生在里面报名。但我对于这情形还不能够彻底了解。我后来就去问一个朋友，这朋友是××大学的教授，他一定可以解除我的疑惑。

“这有什么难解释呢？”那朋友让我坐下来以后就带笑地对我说：“大学生在假期中也可以想点方法赚钱。”

“那些暑期学校都是学生办的。大学生教中学生，高中学生教初中学生，资格是够的。在这里每逢暑假一来，就有许多大学生、中学生开办暑期学校。生意并不坏。听说去年这种暑期学校很赚钱，所以今年大家就竞争得更厉害。”

"啊，"我似乎恍然大悟了，但我还禁不住问一句，"为什么每年都有那么多的学生进暑期学校呢？"

"你又忘记了？每个学校学生主办的暑期学校，都是拿读毕课程后下学期有正式升入该校的希望来号召的。当然有许多青年愿意来报名了。"

"我还告诉你一件事情：许多私立中学一经批准立案，就要大开庆祝会。这你也相信吗？"

我没有话说了。我无意间把眼光放到旁边那张小桌上面去，一份当日的《××报》躺在那里，就在封面上排印着几篇鸳鸯蝴蝶派的遗事艳史。

"这便是广州市销路最大的报纸，听说它受人欢迎就是靠了这些文章。"朋友看见我的脸上露了惊奇的颜色，不等我开口问，就这样解释道。

"上海的所谓报屁股，在这里倒变成了报头了。你要在这种报上找一点重要的新闻，真好像要一只骆驼穿过针眼。大部分的广州报纸就是靠这种文章来吸引读者。只有《广州日报》《民国日报》两三家好一点，它们没有这种东西。它们有新的附刊。"朋友继续说下去，他在广州住了好几年，他知道的事情很多。

"在这里奇怪的事情多着呢，你不看见过电车轨道吗？但是这里却从来没有行驶过电车，据说当时没有一个电车公司担负得起那一笔捐税，现在呢，只好让筑好的轨道荒废了。"

“而且广州还逃不掉外国势力的压迫。市场是给外国货物占据了。香港是个自由港，外国货物可以很容易地流进来，售价不会很高。金融也给外国势力操纵着。广东钞票市价不定，全依港纸为转移。有了一个香港在附近，广州市的自由全失了。”

十　不景气

“你问我的生意怎样？”一个商界的朋友摇着头对我说，“告诉你，不景气！不景气！今年七十二行生意，没有一行赚得了钱！捐税那么多，今天国防捐三千万，明天航空救国捐又是多少！我们哪里还有钱剩？大家都只有咬紧牙齿，度过这一年，希望明年好一点。但是看这情形，明年也是不会好的。

“你以为这里的市面繁荣吗？其实全是表面上的，这里的市面是外强中干的。你该知道大部分广东人的钱是从美国来的。但今年受了不景气的影响，美国华侨兑回来的钱只比得上前几年的数目的四分之一。有好些在外国的华侨都快不能维持自己的生意了。”

“不景气！不景气，到处都是不景气。”我含糊地应着。

十一 一个谜

我别了那位教授和那位商人，就独自跑到永汉路的一家茶室去。时候是七点钟，那茶室的夜市刚刚开始。我还是第一个客人。

我拣了一张靠窗的桌子坐下，伙计泡了一碗“菊井”来，我要了两碟点心，一边喝茶，一边掉头去看窗下街市的景象。

对面街旁有一家饮冰室，门面油漆得鲜明夺目，里面灯烛辉煌，的确是一个热闹的地方。

我望着，我不停地望着那饮冰室。一辆汽车在门口停下来了，一个西装青年带了三个摩登女郎下车来走进了那里面。接着又有一对青年男女进去了。一刻钟以内在那冰店门口顾客的进出就没有停止过，而且没有一个人不是打扮得十分漂亮的。于是我的眼睛疲倦了，我不再往那地方看了。这时候那商人的话忽然重来到我的脑子里。

我也知道在中国没有一个都市不是一个谜。对于年轻的我，尤其是对于一个像我这样的短期的过客，要了解一个都市简直是不可能的事情。我究竟是真正懂得了这个谜，或者是被外表迷了眼睛，连我自己也不能够判断。但有一点我是可以断言的：

广州是一个阳光常照的温暖的都市，假若我们爱春天爱太阳的话，那么广州还是一个值得我们留恋的地方。

同时我引一段赫尔岑的话来做这短文的收场：

> 住惯了北国的人第一次和南方风景接触，便会充满着庄严的快乐。他觉得自己的年纪变轻了。他想唱歌，他想跳舞，他想哭。一切都是十分光荣，十分明亮，十分快活，十分茂盛。……

薛觉先[1]

在长堤上立着的许多房屋中间，我发见了海珠戏院。门口有红纸的招贴，有电灯扎成的字：《薛觉先难忍相思泪》《薛觉先梦断秦淮月》《薛觉先还我河山》《薛觉先华丽缘》……这样一天天地变换着。

在那些把《吴三桂轶事》《侍儿艳闻录》等等文章刊登在第一版的广州报纸上，这几天正讨论着"陈皮梅下嫁薛觉先"消息的真伪之类的问题。

薛觉先的名气这样大！

---

① 本篇最初连续发表于一九三三年九月三、四日《申报·自由谈》，发表时题为《薛觉先——旅途随笔之一》。

有一天我和一个朋友偶尔谈到这个在广州流行的名字。出乎我的意料之外，他告诉我十年前他们刊印《春雷月刊》时，薛觉先曾经捐过毫洋二十元。奇怪，难道薛觉先也赞成社会革命？

我决定去看薛觉先的戏。于是在某一个晚上我便进了海珠戏院。同去的是一个做新闻记者的朋友和他的未婚妻。票价每张毫洋一元四角，是“散厢”，自然不是好座位。好的要售三元，其次还有二元几毫的座位。

散厢是楼座的中间的几排，和许多地方的旧戏院一样，座位是不会使人舒服的。至于普通旧戏院的特点：吵闹，谈笑，喝茶，嗑瓜子，人走来走去，空气龌龊、闷人……无不应有尽有。这地方完完全全是中国的，不带一点欧化的色彩。

震得人耳聋的锣鼓声突然响起来。我睁大了两只眼睛，仿佛周围的景象全变了。我进了另一个世界。

幕拉起来，于是戏开场了。所谓《华丽缘》就一幕一幕地展现在我的眼前。但今晚演的只是第二本。没有开场，也没有结束。

先出来的是官，官自然戴纱帽，穿高底靴，后面跟着四个小兵。接着又出来了女人（叫这做女人当然不恰当，这是男人扮的）。女人穿旗袍、剪发，完全近代的装束！这两个隔了好几个世纪的男女居然对面谈话了。似乎没有人觉得奇怪。

这些都不是薛觉先。然而薛觉先出来了。高底靴，绣花长袍，两支野鸡翎插在头上，长脸，两道竖起的长眉。不是近代人的装束，不是近代人的脸貌。他和别的角色不同，他张开嘴唱的时候，舞台上就多了一个人来拉提琴，这似乎是专为他设备的。但是有一件事情却是一样：别的角色说“广州国语”的对白，唱广东话的戏词，他也是说“广州国语”，唱广东话。不过朋友说他比别的角色唱得好。他的确得着观众的热烈的欢迎。

所谓“缘”自然还在舞台上继续着。许多人在我的眼前走来走去：皇帝、妃子、大臣、武将、小姐、公子……他们说话，他们行动，整整闹了好几个钟头。他们进去换一套新衣服又出来，展览给我们看，好像这是他们对我们的应尽的义务。

许多人满意地笑了。到处都是带着满意的微笑的面孔。连我那朋友和他的未婚妻也看得很有兴味。然而我的心却渐渐地沉重起来了。我忘记了是在一九三三年，我忘记了是在这困苦的中国。旧时代的鬼影又一次在我的眼前显现了。舞台上没有一个人，完全是些鬼魂。忠臣、孝子、义夫、节妇举动着不像一个人，而像一些已经死去的鬼魂。男的是奴隶，女的是娼妓，无论是国王、大臣，或者王妃、小姐，没有一个例外。广东戏和平剧以及一切的中国戏没有分别，它们都是尽量地在把旧时代的毒汁注射进民众的身体里去。扮着忠臣、义夫、孝子、英雄的薛觉先和别的戏子一样，不过是旧时代的一个鬼影罢了。

我们如果承认戏剧是民众教育之一种的话，那么我们就看见中国民众所常常得到的精神的养料是什么样的东西了。这些东西抓住他们，使他们一天天往后面走，不让他们前进一步。然而那些靠“文化”吃饭的高等绅士们除了提倡国剧外，还送了扮女人的戏子出洋，在外国骗了招牌回来欺骗民众。他们说是拿这种“文化”在精神上征服了外国。

舞台上的粉红幕在这晚上最后一次地落了下来。观众争着走出去。许多人拥挤在门口，情形显得很混乱，要通过那门是比较费力的。在一阵肉与肉的撞击以后，我和那两个朋友终于走下楼出了戏院，站在长堤上了。

时间已过十二点。那个朋友还约我到一个小店里去吃点心，但疲倦使我推辞了。我别了他们，一个人走在长堤上，穿过黄包车的包围，慢慢儿向着海珠桥走去。

我的心是寂寞的。许多忧郁的思想包围着我。眼前是一片阴暗，没有光明，没有前途，有的只是一些鬼影。一种强烈的憎恨在我的心里燃烧起来，我诅咒中国的一切旧戏，我诅咒中国的一切旧的遗产。我诅咒整个的东方文化。我绝望地问：现在是不是真有一个人关心着中国民族的前途？（我相信一定有的。）为什么就不看见一个人出来对那真正毒害着中国民族的所谓东方文化加以严厉的攻击？（我相信一定有的。）为什么就没有一个人知道现在充满中国的那些畸形的怪物都是所谓东方文化的产物，他们思想行为没有一样不是和那些鬼魂的相似？（我相信一定有的。）

《四库全书》是宝物，故宫里的古董是宝物，佛寺是宝物，古迹是宝物……凡是一切可以在这向新路上挣扎的民族的脑里留下阴影的东西都是统治阶级的宝物！然而事实上没有这些东西，中国民众倒可以生活得更好一点。为什么现代的人就应该知道那些旧时代的鬼把戏？人类不是靠历史生活的。历史虽然叫人不要怎样做，结果反而是叫人去模仿了。游凡尔赛宫的人至少总有一半想做路易十四。游故宫的人在那一瞬间总会有一点异样的鬼影似的思想。

我们正需要忘掉一切，以一种新的力量向新的路上迈进。这是我们的唯一的出路。然而别人却拿种种的古董来抓住我们的灵魂，使我们永远陷在奴隶的深渊里。高等绅士们提倡旧戏是无足怪的。现在连一些本来与笔墨无缘的人也在提倡读经了。在这种环境里想到中国民族的前途我不能不感到悲愤。

我的思想大概是不会有人了解的。记得在《东方杂志》本年的关于梦想的征文里我曾表示过上面的那种意见，我说东方文化这名词里所包含的种种古董遮住了我的眼睛，使我看不见中国的未来，而且有一个时期使我甚至相信中国是没有未来的。这意思是很明显的。

然而许多人都因此称我为悲观论者。

我果然是悲观论者么？

回到河南的机器工会，我宽松地叹了一口气。我现在回到人间来了。

后来我又和那朋友谈起薛觉先，他说薛觉先在十四五岁时就加入了社会运动。他抱了改良戏剧的决心去演戏，结果却是戏剧改良了他。那么我还有什么话可说呢？

一九三三年六月在广州

童　年[1]

我不是一个预言家，我不知道我的前途。

然而像一个做坟墓的工人那样，我已经埋葬了许多许多的东西了。

在江的彼岸，山的那边，我埋葬了我的童年。

童年不是黄金时代，它是萌芽的时期，在那时候绿叶正从一棵生命树上生长出来。那些伴着春来到人间的嫩绿的新叶，我爱它，看见它们一天天地发育成长，我就想到那茂盛繁荣的将来。

我自己就是这样地长成了，从一个小孩到现在这样的一个青年；也许还要到将来的某某样的一个中年人和一个老头儿；或者

---

① 本篇最初发表于一九三三年三月一日《创化季刊》第一卷第一期。

说不定我明天就不得不把生命交还给创造者。但是这一层我自己不知道，别的人也不知道。

然而在这一棵生命树上，新绿的树叶并不曾到茂盛繁荣的时期就纷纷飘落在地上了。我把它们堆在一起，我埋葬了它们，在江的彼岸，在山的那边。从那时到现在我并没有淌过一滴眼泪。有人说或者我是把眼泪淌在肚里了，这我却不知道。可是在我的生涯里就永不会有那茂盛繁荣的前途了。

从那时候起我辞别了山，渡过了江，孤零零的一个身子，向着那大海走去，向着那人间的海洋走去。许多年来我不曾有一次回过头去看江的彼岸，山的那边，我埋葬童年的地方。我说我已经把它忘掉了。

没有眼泪，没有笑，没有安慰，一股火烧着我的干枯的心。我像一个强硬汉子那样划着一只独木的小舟，游遍了人间的海，风浪并不曾淹没了我。

是在寒冷的冬夜，暴风打击着我的脸，巨浪颠簸着我的独木舟，我的疲倦的身子，我的疼痛的手不能够支持了。

把船泊在一个巨大的岩石的脚下，我得到了暂时的休息。我抬头向天空看，我看见天边现出光芒。我知道那是什么地方。在江的彼岸，山的那边，这时候正放射着光芒。

在那光芒中我看见了我的童年，就像一本书那样，它一页一页地，翻开，每一篇书页上都印着一个曾经被我爱过的面庞，但是它们都已经腐烂在坟墓里了。

如今它们在我的眼前活起来。每一个面庞给我一个微笑，嘴里唤了一声我做小孩时被人唤着的名字，于是许多活泼的人在我四周出现了，他们包围着我，给我一些温暖，一些安慰，我仿佛又变做了一个小孩，回到那广阔的大厦里，那美丽的花园里，听母亲底叮咛的嘱咐，伴着哥哥姊姊们游戏，那时候我爱着人，而我也被人爱着。

每天晚上在我们临睡之前母亲总要把我和另一个哥哥唤到她面前，叫我们摊开她亲手给我们抄写的《白香词谱》，选了一首词语我们讲解，教我们诵读。过后我们就阖了书听她讲故事，听她叙说种种的事情。每晚，每晚都是这样。她仔细地给我们解说，直到我们完全了解她的意思。她教我们将来长大成人以后应该怎样忠实地去生活，去爱人，去帮助人，因为在世间有着那么多的人是需要着爱，需要着帮助的。她把话说得如此美丽。

母亲并不是一个说教者，她的一生就是一个显著的例子：她永远是忘了自己地去爱人，帮助人的。因了她的好心我才能够在仆婢们的诚挚的爱护中间生长起来。仆婢们把她当做他们底亲人一般地敬爱。在寒冷的冬夜里这爱也曾温暖了那一些被幸福遗弃的人的心。

然而很快地她就被一只手拖进另一个世界里去了。我的呼唤挽不住她。从此每天晚上我和那个哥哥就不再诵读《白香词谱》

了。我们常常含了眼泪地问自己：我们将来是否能够去爱人，去帮助人，像母亲所希望的那样。

我最后一次看见她时，那一对大眼睛充满了爱怜的眼光看着我，它们是十分明澈的，就像两盏明灯，照亮了我的幼稚的心。

那时候我还是一个孩子，可是我如今长大成人了。

许多的眼睛在我的面前睁开又在我的面前闭上了。我埋葬了一些人和一些事情，我又埋葬了我的全个童年。我辞别了山，母亲就伴着父亲长睡在山里；我跨过了江，我的故乡就在江的彼岸。我又越过了更高的山，跨过了更大的海，永远是孤零零的一个人。我说我已经忘掉了一切。

但是如今那一对明灯似的眼睛又在我的心里显现了。越过了山，跨过了江，它们来到我这里，和从前，它们离开我时没有两样，是一般地明澈，照亮了我的心。那时候我还是一个孩子，可是我如今长大成人了。

两只明灯似的眼睛永远照耀在我的心上，不管这心已经不再是那幼稚的心了。

没有眼泪，没有笑，没有诉苦，没有悔恨，依旧是一股火烧着我的心，那心上显现了旧的印迹：忠实地生活，忠实地爱人，帮助人，这是我的母亲亲手刻印的。只有这寥寥的几个字。那上面并没有“幸福”，并没有“休息”，并没有“光荣”，母亲决不会骗我，因为她是唯一爱我的人。

在这不眠的寒冷的冬夜，在巨大的岩石脚下，那两盏明灯又带了它们不灭的光芒显现了，它们照亮了我的心。我的心上面并不曾刻印着“幸福”、“休息”和“光荣”。这岩石脚下并不是我休息的地方。母亲是不会骗我的，我没有眼泪，没有笑，没有诉苦，没有悔恨，我重新拿起桨，划起独木的小舟，再向着广阔的人间的海洋驶去，那两盏明灯悬挂在船头照耀着我的航路。我回过头望，我看不见岩石。海浪已经淹没了它。

没有眼泪，没有笑，没有诉苦，没有悔恨，我紧紧地握着桨，向那海的中心划去。我不怕暴风巨浪颠覆我的独木小舟，我只是默默望着船头的两盏明灯。

一九三二年

两个孩子[①]

春天，今年花开得早，公园里桃花开满了半个山坡，从池边望过去，全是灿烂的花朵，就像一片红霞。在这个池边我和英度过了三个早晨和三个黄昏。

英在东城一所女子中学读书，我的学校在西城。她的家离我的学校近，可是我不能够到她家去。每天早晨天刚刚亮我就动身到公园去，在公园门口等她。池边的长椅是我们聚会的地方。在那里我们安静地过了两个钟头。没有人打扰我们，只有清脆的鸟声从对岸开满了花朵的树上送过来。我们的年纪很轻，都有着单纯的头脑和单纯的心。在这些时候我们畅快地谈着一些不能实现

① 本篇最初发表于一九三四年九月二十日《漫画生活》第一期。

的孩子的幻想。我们忘记了公园外面的世界，其实我们的世界本来也是很狭小的。

我们又快乐，又悲痛。这两个不知世故的孩子遇合在一起是一件很平常的事情。

我们本来不应当流泪，本来不应当想到一些伤心的事情，因为我们还只是两个不知世故的孩子。然而奇怪的遭遇把我们的第一个美梦打破了。我们很早就懂得了悲哀。

我是一个遗腹子，我一生没有见过父亲的面容。我在故乡里生活了十五年，伴着有目疾的母亲，和一个妹子。于是某国[①] 的铁蹄踏进了我的家乡。在一次大破坏、大混乱以后，我逃出了十五年来住惯了的美丽的小城，跟着一伙难民进了关。然而在路上遇到了一次飞机的追击和掷弹，我便失掉了母亲和妹子的踪迹。我已经陷落在绝望的境地里面了，忽然遇见了父亲的一位好友。靠着他的帮助我才能够在这个城市里生活下来，继续度过这两年的学校生活。

英生长在这个城市里，是一个十六岁的女孩。她自小就过得很幸福，一直到六七年前，她先后死了父母。于是她落在伯父的掌心里。那个留着小胡子的小官僚看中了她的一份家产。他是一

---

① 某国：指日本。

个残酷无情的人。他对待英完全没有亲人的感情。他虐待她，监视她。他整天打主意想办法，要吞没她的家产。伯母也是一样的人，她是她丈夫的很好的助手。

在这情形下面，我和英认识了。这是偶然的事。英的一个女友是我一个同学的爱人。有一次我的同学约了我，那个女友约了英四个人一块儿去逛西郊那个大花园。从那时候起，我才知道世界上还有这么一个女孩子。同时我也闯进她的世界里去了。

英并不漂亮。她的面貌很平常。她有一张圆圆脸，但是并不十分圆。鼻子不高，眼睛不大，嘴唇小。然而从她的整个面貌看来，她有一种孩子气，尤其是她笑的时候，两颊现出了浅浅的酒窝，嘴唇微微动着，像一个逗人爱的小女孩。

我爱看她的笑脸，我爱听她的鸟叫般的声音。于是我们做了朋友。她说她也喜欢我，喜欢我爱淌眼泪。不用说，她是在跟我开玩笑。因为爱哭的是她，并不是我。

她的确是一个爱哭的女孩。事情一旦不如意，她马上把眉毛一皱，就淌下眼泪来。她告诉我在家里看了伯父伯母的带着吃人神气的脸，听了那些藏得有刀剑的话，她只好一个人关起门来躺在床上哭。在家里她找不到一个好心待她的人。

她的身体不算健康，喝了一口冷水也会使她病倒几天。她说这是哭坏了的，她说自从她的父母死后，她在家里不曾有过一天高兴的日子。直到她遇见我，和我来往几次以后，她才有了笑容。

我也是这样，我见着她，我才感觉到生活的乐趣，好像在阴暗的天空中忽然出现了一颗星。这颗星虽然小，但是在阴暗里她却显得十分明亮。

我不懂爱情，她也一样。类似的不幸的遭遇把我们拉在一起。于是我们相爱了。她说她爱我，因为我能够了解她，安慰她；我爱她，因为她是和我一样地有着单纯的心和单纯的头脑的孩子。她是我生活里的唯一的安慰。

起初我们常常见面，那些时候我们就是这样地消磨光阴：我们在公园里比较清静的地方，无论草地上，长椅上，半山里坐下来，在一起谈着种种的事情，谈着悲痛的过去，谈着寂寞的现在，谈着做梦似的将来，彼此倾诉着，话永远说不完，仿佛积了十多年的话在肚里，要在这些时候吐个干净。有时候我们也和那一对相爱的朋友在一起划船，看电影，或者做别的可以使人暂时高兴的事情。那一对朋友年纪比我们大，懂得的事情也比我们多，他们的环境比我们好。他们似乎并没有什么不如意的事情。他们的世界和我们的究竟差了许多。

我和英在一起日子过得容易多了。虽然我有时也想起在异国铁蹄下面的故乡，也想起我的失了踪迹的母亲和妹子，不能熄灭的火焰慢慢地从心底升上来，使我寂寞得几乎没有勇气生活下去。但是，她的安慰却给我扫除了这一切。她使我忘掉寂寞，忘掉渴望。她用关心的注视和真挚的同情鼓励了我，她自己并不曾对我说过一句鼓励的话。我们不懂爱情，我们只知道把我们两个寂寞孩子的心系在一起，让我们在这个黑暗的环境里挣扎下去，两个人手拉手地走那漫漫的长途。于是我们相爱了。

那还是去年秋天的事，如今春天来了。

春天给人带来了勇气和快乐。看见那些枯树发芽开花，看见河水解冻，让鱼虾自由自在地浮上水面，我心里非常快活。这时候我想到将来，我想到我们的前途，我不再像从前那样地悲观、绝望了。英也是这样。在公园的池边我们接连地度过了三个美丽的早晨和三个美丽的黄昏。

然而这种渺小的幸福也会遭到妒忌。打击来了。英的脸庞渐渐地在褪色。她好几天不曾真心笑过。于是我们见面的机会渐渐地减少了。我要知道这是什么缘故，我屡次追问她，她终于把真相讲了出来：她的伯父、伯母知道了我们的关系，对她很不满意。他们阻止她和我来往。这个消息使我愤怒。我起初找不到他们禁止她和我见面的理由，后来我才知道他们不愿意把她嫁给外人，他们想吞没她那一份家产。

我劝过她许多次，在口里说，在信上也说，要她拿出勇气来反抗他们，不要听从他们的话，甚至要她跟他们断绝关系。她只是含糊地答应着。她并不是一个刚强的女孩。她在他们的掌握里过了六七年以后，如今不能够自拔出来了。她不敢反抗他们。她太软弱了。

她偷偷地逃出来和我见面，常常是在早晨上课的时间以前，或者下午放学以后，免得她家里的人疑心她。我们这样地常常见面，可是谈话的时间却减少了。她不能够在外面耽搁久 点，否则回家就要受到严厉的责问。她能够这样地忍受下去，她把痛苦吞在肚里，忍在心里。我却不能够。我失掉忍耐心了。

我不断地向她解说反抗的好处。我又说明屈服会产生怎样悲惨的结果。这都没有用。六七年的训练把她的勇气完全摧毁了。终于有一天我哀求地对她说：

“英，你为什么不跟他们闹翻？你这样下去是不行的，你毁了你自己，你也毁了我。”

她却流下眼泪，她请我原谅她，她要我把她忘掉。她说她只希望能够早死。十六岁女孩的口里居然说出了这样的话！我差不多要哭了。

眼泪也不能消除我的憎恨。我同情她，但是我更恨她的伯父、伯母。我安慰她，我更向她反复解说：她应当反抗他们，她不该牺牲她的幸福来满足他们的野心。我更热烈地说，这种用家长身份来压迫年轻人的行为应该受到惩罚，那么就让她拿反抗来惩罚他们罢。

她似乎相信了这些话，她似乎下了决心要照我所说的做去。然而下一次我们见面时她又告诉我她不能够这样做。她请我原谅她，她要我重视六七年来的生活在一个女孩的精神上留下的影响。

希望似乎破灭了。但是我还不相信。我看见她坐在我的身边，我想不到我会把她永远失去。

桃花开始谢了。粉红色的花瓣铺满了半个山坡。然而在对岸的池边再没有了英的踪迹。

我一个人坐在长椅上，手里捏着英的一封信：

请原谅我。我不能够再和你见面了。我实在是一个没有用的女孩，我只能够听人摆布。你不要来找我，他们不会让你见我……

我不信她的话。我到学校里去找过她，据说她好些日子不曾来上课了。我到她的女友那里去，那位姑娘也不知道她的消息。

我也曾到她的家去过。我知道她一定在家里。但是那里的人不肯接待我。我吵闹也没有用处，正如她所说他们不会让我见她。

她在我的眼前消失了。我再也找不到她。我眼看着一个年轻的生命这样横遭摧残，却毫无办法。

她除了这封信，就不曾给我留下任何的纪念品，而且连这封信也是残缺的。她并不曾写完它，我不知道那许多黑点代表的是些什么。

我一个人坐在池边的长椅上，手里拿着她写给我的唯一的信。我望着对岸半山的落红，想起我们从前在这里谈过的那些孩子的幻想，我还在等待她回到我的身边来。

一九三四年秋在上海

一九三四年十月十日在上海[①]

大都市的月亮没有光辉。宽广的马路两旁玻璃橱窗里射出来辉煌的灯光，高楼大厦上的霓虹灯射出来刺目的红绿颜色。

人走在人行道上看不见月色。他满眼都是电车、汽车、黄包车。大都市的确很热闹。

但是渐渐地大都市有些疲倦了。各种车子也少起来。法租界的大马路也显得清静了。

两个喝醉了的外国水手从一家白俄开的跳舞场里出来，嘴里含糊地说着放肆的话。跳舞场门口有着红、绿、蓝、黄四色的霓

① 本篇最初发表于一九三四年十月十三日《新生》第一卷第三十六期，发表时题为《一九三×年·双十节·上海》。

虹灯，里面奏着爵士音乐。

“米昔!米昔！”马路上有三个黄包车夫拖着空车向着外国水手跑过去，口里乱嚷着。那两个醉得脸通红的白皮肤的人止走下人行道，就给他们围住了。

他们并不跳上车。年纪轻一点的水手忽然飞起一只脚踢在一个车夫的屁股上，用很清楚的中国话骂着：“狗!”

于是车子全散开，让这两个人带笑地走了。

中年的黄包车夫拖了空车慢慢地跨过街心，因为这一踢使他的屁股上那个地方还在痛。羞辱和痛苦压住他的心。他抬起头望着天空，祷告似地喃喃说：

“天啊，为什么我的鼻子不高起来？我的眼睛不落下去？我的头发不黄，眼珠不绿，皮肤不白呢？”

天是不会开口的，它看见任何不公平的事情也不会开口。

中年车夫只得埋下头，继续往前面走了。

“外国人究竟肯花钱啊!”他又这样地想道，因为他从外国客人那里拿到过较多的车钱。然而他马上想起了另一件事情：两天以前他拉着一个外国客人到处跑了两个钟头，只得到四角钱和两记重重的耳光，连鼻血也给打出来了。

“他们肯花钱啊!”这一次他再想到这个就有些发恼。他那时生时灭的对于不公平事情的愤恨又渐渐地在他的胸膛里燃烧起来了。

他慢慢地拖了空车走着，忽然他的左膀给一只有力的手抓住了。同时他的耳边响起了一句清楚的中国话：“走，快走!”

他连忙掉头一看，一个高大的人站在他的身边，高鼻子、黄头发、绿眼珠、白皮肤，从那深陷的眼睛里射出来一股轻蔑的眼光，这眼光代替嘴说出了一个字：“狗!”

中年车夫没有反抗，也没有迟疑，马上放下车子让那个人坐上去，于是拉起车往前跑了。

那个白皮肤的人在车上不停地用皮鞋踢踏板，口里哼着下流的西洋小调，一面给车夫指路，一面催车夫跑得再快些。然而车夫已经用尽力气了。

在马路旁边一个巷子里车子停了下来。白皮肤的人轻蔑地掷了一个双角在地上，并不看车夫一眼。

石阶上有几家小店，都挂着酒吧间的洋招牌，但都上了铺板。有一家的门半开，从里面送出来男女的笑声，白皮肤的人刚跨进去就给一个有着小孩面孔的红衣姑娘搂住了。

车夫放下车子，就坐在踏板上休息。他想到自己那个被卖掉的女儿，三年来他没有得到她任何的消息。

那家小店的门依旧半开，车夫看见了里面的景象。几个黄皮肤的小姑娘坐在高大的白皮肤的人的怀里，她们的小脸上露出来不自然的媚笑。

车夫心痛了好一会儿，终于疲倦地站起来，拉起车子走了。

在路上他抬起头望着天空祷告似地喃喃说：

“天啊，为什么我们的鼻子不高起来？我们的眼睛不落下去？我们的头发不黄？眼珠不绿，皮肤不白呢？”

在那个为白皮肤的人开设的下等酒吧间里面，一个中国小姑娘在膀子上生满了毛的外国水手的怀中哭了。

中国女子的哭常常是有泪无声的。她今年才十四岁呢，然而父母却把她的不曾发育完全的身体卖到这里来，给那些可以做她父亲的人蹂躏了。

她的身体十分娇小，坐在那个高大的外国水手的怀里简直像一只小猫，怪不得他叫她做可爱的小猫了。

年轻女孩向来多幻想，但是现实生活把她的幻想一个一个地打破了。她常常像痴呆一般地坐在高大的白皮肤的人的怀里，让他们玩弄。有时候她却又不能不记起她的父母，她离开他们的时候，母亲正在生病，父亲靠拉车度日。这是三年前的事情了，她以后就跟他们断绝了音信。在这个世界上她就成了孤孤单单的一个人。

那个水手色情地抓住她的娇小的身子在抚弄。他快活地想：“在地中海旁边我们的国家里也不曾见过这样可爱的东西呀!是这样的一种滋味！那些黄皮肤的野蛮人，吃饭不用刀叉，喝茶不放糖，说话就像吵闹，把人当做马来骑，像猪一般活在污秽里，身躯短小，形容萎顿，为了一块钱就会卖掉朋友，卖掉父亲!想不到在他们里面居然有着这样的宝贝！上海的确好过非洲殖民地，也好过号称小巴黎的西贡啊!”

小姑娘给文明人的毛手抚弄着。她抬起泪眼望天，但是天却给屋顶遮住了。她望着新近油漆过的天花板，祷告似的在心里念着：

“天啊，为什么我的鼻子不高起来？我的眼睛不落下去？我的头发不黄，眼珠不绿，皮肤不白呢？为什么我就不能够变做一个像他那样的人呢？为什么我就不早死呢？”

她不能够念下去了，那一张沉重的大嘴压下来，喷了她一脸的酒气，闷得她透不过气来。

对面一条马路的转角，一个高等跳舞场开在那里，五六个高等华人拥了两三位名媛走出来，坐上两部汽车开走了。

“做一个中国人是多么幸福啊!父母给我们留下那么多的财产，社会给我们留下那么多的苦力!……”

那个白净脸的年轻绅士，棉纱大王的儿子在汽车里满意地想道。

一九三四年十月在上海

木匠老陈[1]

生活的经验固然会叫人忘记许多事情。但是有些记忆经过了多少时间的磨洗也不会消失。

故乡的那些房屋，那些街道至今还印在我的脑子里。我还记得我每天到学堂去总要走过的木匠老陈的铺子。

木匠老陈那时不过四十岁光景，脸长得像驴子脸，左眼下面有块伤疤，嘴唇上略有几根胡须。大家都说他的相貌丑，但是同时人人称赞他的脾气好。

他平日在店里。但是他也常常到相熟的公馆里去做活，或者

---

① 本篇最初发表于一九三四年十一月五日《太白》第一卷第四期，署名余一。

做包工，或者做零工。我们家里需要木匠的时候，总是去找他。我就在这时候认识他。他在我们家里做活，我只要有空，就跑去看他工作。

我那时注意的，并不是他本人，倒是他的那些工具：什么有轮齿的锯子啦，有两个耳朵的刨子啦，会旋转的钻子啦，像图画里板斧一般的斧子啦。这些奇怪的东西我以前全没有看见过。一块粗糙的木头经过了斧子劈，锯子锯，刨子刨，就变成了一方或者一条光滑整齐的木板，再经过钻子、凿子等等工具以后，又变成了各种各样的东西。像美丽的窗格，镂花的壁板等等细致的物件，都是这样制成的。

老陈和他的徒弟的工作使我的眼界宽了不少。那时我还在家里读书，祖父聘请了一位前清的老秀才来管教我们。老秀才不知道教授的方法，他只教我们认一些字，呆板地读一些书。此外他就把我们关在书房里，端端正正地坐在凳子上，让时间白白地过去。过惯了这种单调的生活以后，无怪乎我特别喜欢老陈了。

老陈常常弯着腰，拿了尺子和墨线盒在木板上面画什么东西。我便安静地站在旁边专心地望着，连眼珠也不转一下。他画好了墨线，便拿起锯子或者凿子来。我有时候觉得有些地方很奇怪，不明白，就问他，他很和气地对我一一说明。他的态度比那个老秀才的好得多。

家里的人看见我对老陈的工作感到这么大的兴趣，并不来干涉我，却嘲笑地唤我做老陈的徒弟，父亲甚至开玩笑地说要把我送到老陈那里学做木匠。但这些嘲笑都是好意的，父亲的确喜欢我。因此有一个时候我居然相信父亲真有这样的想法，而且我对老陈说过要跟他学做木匠的话。

“你要学做木匠？真笑话！有钱的少爷应该读书，将来好做官!穷人的小孩才学做木匠。”老陈听见我的话，马上就笑起来。

“为什么不该学做木匠？做官有什么好？修房子，做家具，才有趣啊!我做木匠，我要给自己修房子，爬到上面去，爬得高高的。”我看见他不相信我的话，把它只当做小孩子的胡说，我有些生气，就起劲地争论道。

“爬得高，会跌下来。”老陈随口说了这一句，他的笑容渐渐地收起来了。

“跌下来，你骗我！我就没有见过木匠跌下来！”

老陈看我一眼，依旧温和地说：“做木匠修房子，常常拿自己性命来拼。一个不当心在上面滑了脚，跌下来，不跌成肉酱，也会得一辈子的残疾。”他说到这里就埋下头，用力在木板上推他的刨子，木板喳喳地响着，一卷一卷的刨花接连落在地上。他过了半晌又加了一句：“我爹就是这样子跌死的。”

我不相信他的话。一个人会活活地跌死！我没有看见过，也没有听见人说过。既然他父亲做木匠跌死了，为什么他现在还做木匠呢？我简直想不通。

“你骗我，我不信！那么你为什么还要做木匠？难道你就不怕死！”

“做木匠的人这样多，不见得个个都遭横死。我学的是这行手艺，不靠它吃饭又靠什么？”他苦恼地说。然后他抬起头来看我，他的眼角上嵌得有泪珠。他哭了！

我看见他流眼泪，不知道要怎么办才好，就跑开了。

不久祖父生病死了，我也进了学堂，不再受那个老秀才的管束了。祖父死后木匠老陈不曾到我们家里来过。但是我每天到学堂去都要经过他那个小小的铺子。

有时候他在店里招呼我；有时候他不在，只有一两个徒弟在那里钉凳子或者制造别的物件。他的店起初还能够维持下去，但是不久省城里发生了巷战，一连打了三天，然后那两位军阀因为别人的调解又握手言欢了。老陈的店在这个时期遭到“丘八”的光顾，他的一点点积蓄都给抢光了，只剩下一个空铺子。这以后他虽然勉强开店，生意却很萧条。我常常看见他哭丧着脸在店里做工。他的精神颓丧，但是他仍然不停手地做活。我听说他晚上时常到小酒馆里喝酒。

又过了几个月他的店终于关了门。我也就看不见他的踪迹了。有人说他去吃粮当了兵，有人说他到外县谋生去了。然而有一天我在街上碰见了他。他手里提着一个篮子，里面装了几件木匠用的工具。

“老陈，你还在省城！人家说你吃粮去了！”我快活地大声叫起来。

“我只会做木匠，我就只会做木匠！一个人应该安分守己。”他摇摇头微微笑道，他的笑容里带了一点悲哀。他没有什么大改变，只是人瘦了些，脸黑了些，衣服脏了些。

“少爷，你好好读书。你将来做了官，我来给你修房子。”他继续含笑说。

我抓住他的袖子，再也说不出一句话来。他告辞走了。他还告诉我他在他从前一个徒弟的店里帮忙。这个徒弟如今发达了，他却在那里做一个匠人。

以后我就没有再看见老陈。我虽然喜欢他，但是过了不几天我又把他忘记了。等到公馆里的轿夫告诉我一个消息的时候，我才记起他来。

那个轿夫报告的是什么消息呢？

他告诉我：老陈同别的木匠一起在南门一家大公馆里修楼房，工程快要完了，但是不晓得怎样，老陈竟然从楼上跌下来，跌死了。

在那么多的木匠里面，偏偏是他跟着他父亲落进了横死的命运圈里。这似乎是偶然，似乎又不是偶然。总之，一个安分守己的人就这样地消失了。

一九三四年秋在上海

附录：

《巴金全集》第十二卷代跋（节选）

《旅途随笔》是我的第二本游记，它记录了我一九三三年南方旅行的见闻，也写了我对朋友们的感激之情。第二年我把随笔集全稿交给生活书店。书店当时承受着各种压力，不得不把原稿送到上海市党部，让图书杂志审查员过目，然后将通过的全稿交印刷所排印，因此《旅途随笔》的“目次”中有四个标题下面多了一个“阙”字，而在正文中却找不到这四篇文章，原来都让审查老爷勾掉了。它们是《捐税的故事》《海珠桥》《薛觉先》《鬼棚尾》。

既然别人不准它们在《随笔》中出现，我就给它们另外安排一个去处。开明书店的《中学生》杂志要我写一篇介绍广州的文章，我便把《海珠桥》等三篇改写成三节放在《广州二月记》里面。《中学生》杂志不需要送审，也就不曾遇到麻烦。不久郑振铎兄为商务印书馆编丛书，向我要稿，我把未收进集子的散文、杂文、评论等等编成一册《生之忏悔》，也将《广州二月记》和《薛觉先》塞了进去。商务印书馆的出版物不受审查，四篇文章都在《生之忏悔》中重现了。不过应该声明：我并不一贯正确，《薛觉先》文中就有偏激的言论，为了要活下去，为了不做亡国奴，几乎连祖宗也不要了。当然在那个时候我才写出那样的文章。《海珠桥》也闯了祸，连累出版《中学生》杂志的开明书店在《广州日报》上向市政府公开道歉，因为我错误地引用了一位朋友的话，说这是向瑞士买来的旧桥。

《生之忏悔》可以说是一碗“大杂烩”，我对自己这种编辑方法也不满意。书印出来后，我翻开一看，不能不皱起眉头。幸而它只印了一版。一九三九年初我从桂林回上海，有时间整理旧作，印刷所又比较空，因此以前印过的书都经过改订重排了。只有《生之忏悔》未重印。在新版的《旅途随笔》中审查老爷删去的四篇除《捐税的故事》外均已补入。《捐税的故事》因为当时手边没有原稿就让它阙着，这次编印《全集》才补了进来。但《海珠桥》和《鬼棚尾》两篇既然收入《广州二月记》与《薛觉先》一起作为《生之忏悔》的篇目和读者见面了，就让它们留在这碗“大杂烩”里吧。我没有精力再作或大或小的改动。《生之忏悔》中原有序文、代序等九篇已全部编入后来出版的《序跋集》（花城版），在这里只是“存目”就够了。

写完上面这一段，我才想起你最近来信说，《巴金文集》十一卷中的《旅途随笔》已收入了《海珠桥》和《鬼棚尾》，而且未经删节，你主张根据《文集》本排印，我同意，我看索性把《薛觉先》也还给《旅途随笔》吧。这段话不必勾去，我“声明作废”就行了。

一九八八年十一月十一日